— 書き下ろし長編官能小説 —

湯けむり同窓会

伊吹功二

竹書房ラブロマン文庫

目次

この作品は、竹書房ラブロマン文庫のために
書き下ろされたものです。

第一章　温泉街のスナック

九州某県の山間《やまあい》に位置するT町は、古くから温泉郷として知られている。冬でもあまり雪が降らないため、十二月は多くの観光客で賑《にぎ》わう。

山からの清流沿いに町は発展し、何軒もの温泉旅館が点在する。その最も上流にあるのが、『菊水館《きくすいかん》』である。同館の歴史は古く、現在の女将《おかみ》で五代目という老舗《しにせ》であった。

夕方、その女将自らが、客室で一人の青年客を相手していた。

「本当に大きくなって。見違えてしまったわ」

「うん」

浴衣《ゆかた》姿の青年は言葉少なに答える。彼の名は、沢渡達矢《さわたりたつや》。かつてはT町に住んでおり、十年ぶりに生まれ故郷を訪ねたのだった。

座卓には夕食が並んでいた。老舗旅館らしく、板長が腕をふるった逸品ばかりだ。

メインの牛鍋が、燃焼台の上でグツグツと湯気を立てている。

「どうしたの。遠慮なく食べてちょうだい」

「うん……」

達矢はようやく箸《はし》を取るが、どこから手をつけていいか考えがまとまらないといった感じだった。二十五歳の青年の箸が進まないのを見て、端座した初老の女将ははたと気づいたように言う。

「そうか、達矢ちゃんはもう大人なんだっけ。おばちゃん、気づかなくてごめんね。ビールがよかったかしら。それとも、お酒？」

するると、達矢はまた箸を置いて女将を見やる。

「うん——いや、やめておくよ。ご飯、もらえる？」

「ご飯ね。はいはい、今おつけしますからね」

女将はやっと仕事ができたとばかりに嬉々としてお櫃《ひつ》を開いた。

女将が飯を盛る姿を眺めながら、達矢は自分の殻にこもっていたことに気づく。この繁忙期に「おばちゃん」は、わざわざ自分のために配膳を買って出たのだ。十年前に比べ、彼女の髪には白いものが目立つようになっていた。

「さ、たんとお上がりなさい」

「ありがとう。いただきます」

飯椀《めしわん》を受け取ると、達矢は若者らしくバクバクと食べはじめる。

女将もうれしそうだった。

「達矢ちゃん、東京でお勤めなんでしょう。勇作《ゆうさく》くんもお元気？」

「うん、元気だよ。あんまり会わないけど」

勇作というのは、二つ違いの達矢の兄である。女将は続けた。

「そう。ところで、今回はゆっくりできるの？」

「有休を一週間とったから。けど、もしこっちが忙しいんだったら――」

「いいのよ。この時期、キャンセルされてしまうお客さんもいるから。いられるだけゆっくりしていってちょうだい」

「ありがとう」

達矢は牛鍋の肉を口に放りこむ。美味《うま》い。煮込んでいるにもかかわらず、肉は嚙《か》みしめるほどに旨味が口に広がっていく。

次のおかずに箸を伸ばそうとしたとき、ふと小鉢が目についた。

「おばちゃん、このひじきの煮付け――」

「ああ、それね。もちろん斉藤《さいとう》さん家《ち》から仕入れたのよ。こればかりは、うちの板長も敵《かな》わないもの。どう、懐かしいでしょ？」

「うん。昔と変わらない味だ」

達矢の家が町を引っ越したのは、達矢が十五歳の時だった。十年ぶりの故郷は、町並みこそ多少変化はあったものの、通い慣れた『菊水館』の建物も、和服を着た女将の佇まいも変わることなく、昔の記憶のままであった。

結局、女将は彼が食べ終わるまで付き添い、四方山《よもやま》話をして出ていった。

一人になった達矢は、その後大浴場へ行き、温泉にゆっくり浸《つ》かった。部屋に戻ってくると、すでに布団が敷かれていた。

「はあぁ……」

息を吐きながら、はだけた浴衣姿で布団に横臥《おうが》する。客室は心地よく暖められており、そのうえ温泉上がりで体は汗ばむほどだった。

観光客で賑わう温泉町も、夜は静かだった。窓から眺める夜空には満天の星がきらめいている。これだけでも都会では味わえない楽しみといえる。

しかし、達矢の心は悶々として、星空を楽しむ余裕もない。

「はあぁぁ……」

思い出すたびに身が焦《こ》がれそうだった。彼は、失恋を忘れようとして故郷に逃げ帰ってきたのだ。

その相手というのは、会社の同僚だった。同期入社で、オリエンテーションでは向こうから話しかけてきた。やがて同じ営業部に配属されると、さらに仲間意識が高まった。互いに励まし合い、苦労をともにするうちに、達矢は彼女に対し、それ以上の感情を抱くようになっていった。

永井映見《ながいえみ》。その名前は、日に日に達矢の心を占めるようになった。映見もまた、彼のことを信頼し、心を許しているように思われた。仕事で行き詰まったとき、彼女は達矢を飲みに誘い、悩みを打ち明けたり、ときには上司の悪口で盛り上がったりしたものだ。誘うのは、いつも映見のほうだった。

そうして入社から二年あまり経った頃、すなわち今年の晩秋に、達矢はついに自分の思いを告げたのだった。答えはノーだった。そのとき彼女が見せた、訝《いぶか》るような顔が忘れられない――。

温泉町の夜は更《ふ》けていった。達矢は布団に横たわっているのが耐えられなくなってくる。失恋の傷はまだ生々しく、東京から遠く離れても薄れることはなかった。

「くそっ……」

やはり夕食でビールを断るべきではなかったのかもしれない。このままでは寝付けそうになかった。彼は起き上がると部屋を出て、当てもなくロビーへと向かう。

一階に下りると、売店はもう閉まっていた。缶ビールでも買えないかと思っていたのだ。すると、廊下を見覚えのある人影がこちらへやってきた。

「関口《せきぐち》のおじさん」

達矢が声をかけると、旅館の半纏《はんてん》を着た老齢の従業員が足を止める。自分の名を呼ばれ、しばし思い出すような顔を浮かべるが、すぐに満面の笑みが広がった。

「誰かと思ったら、達坊かい。宿泊名簿で見てはいたけど。いやあ、こうして見るとお父さんそっくりになったねえ」

関口は、長年『菊水館』に忠義を尽くしている番頭だった。達矢がいた頃からすでに年寄りだったから、現在は七十をとうに越しているはずだ。

「関口のおじさんはお変わりなく」

「そりゃあ、あたしみたいなジジイはそうそう変わらないさ。もう十年ぶりくらいになるかね。お父さんはお元気かい？」

「ええ。相変わらず母と喧嘩しながら店を頑張っています」

「そうかい、そうかい」

好々爺《こうこうや》は、顔を一層皺《しわ》だらけにして繰り返し頷《うなず》いてみせる。達矢の両親は、T町でクリーニング店を営んでいた。個人の物も扱《あつか》っていたが、主な顧客は菊水館のような旅館であった。浴衣やシーツ、タオルなどのクリーニングを請け負い、幼い達矢も父と一緒に配達を手伝ったものだ。関口とも、その頃からの仲だった。

思い出話は尽きなかったが、それより達矢は酒が欲しかった。開いている店はないか訊ねると、関口が町に一軒だけあるスナックを教えてくれた。達矢は礼を言って出かけようとしたが、年寄りは引き留めて綿入りの羽織を持ってきてくれた。

「雪が降らないたって、夜は冷えるからね。湯冷めしちまう」

「ありがとう。じゃ、ちょっと行ってきます」

「気をつけて。行ってらっしゃいませ」

番頭は一般客にするのと同じように深々と頭を下げて見送る。達矢はどことなくこそばゆい思いをしながら、夜の町へと出ていった。

旅館を出た達矢は、街灯《がいとう》が照らす川沿いの道を下っていく。懐かしい道だった。耳に聞こえる川のせせらぎも、まるで昔と変わらない。川音などどこでも同じように思われがちだが、流量や地形によってまったく違う。彼はそのリズムや音の高低をひとつ残らず覚えていた。

「うう、寒っ」

達矢は口に出して言うと、羽織の前を掻《か》き合わせる。一瞬上着を取りに戻ろうかとも考えたが、やはり面倒になってそのまま行くことにした。

関口に聞いたスナックは、彼も昔から存在だけは知っていた。だが、子供が立ち寄るような店ではないため、縁《えん》がなかったのだ。彼の父親も、商店会などの集まりで仕方なく行く以外は、足を向けることはなかったように思う。

通り沿いの店はみな閉まっていた。観光客の姿もほとんど見かけない。五年前にできたという川下のホテルが夜遅くまでバーを開いているという話だが、このときの彼にとって、きらびやかなホテルは似合わない。

途中で路地に入ると、町は別の表情を見せはじめる。古びた家々が立ち並ぶ路地裏は地元住民たちのエリアだ。達矢が暮らしていた家も、こうした路地の一角にあったのだった。入り組んだ細い道を駆けめぐった幼少期が思い出される。

「ここだ」

看板には明かりが点《とも》っていた。紫色の看板に『スナック　マーメイド』の文字が光っている。達矢は寒さから逃れようと、剝《は》げたドアを開いて身体を押し入れた。

「いらっしゃい」

ドアに付けられた鈴が鳴ると同時に女の声が出迎える。店内は暖かく、冷え切った達矢はホッと息をついた。どうやらほかの客はいないようだ。初めて見る店の中は薄暗く、思ったより狭かった。

「まだ飲めるかな」

彼は両手を擦《こす》りながら声をかけた。カウンターの内側で安っぽいスーツ姿の女が洗い物をしている。

「誰も来ないから、もう閉めるところだったけど。いいわよ」

明るい髪色の女が洗い物の手を止めて顔を上げる。

「え？　うそ……」

女は来客の顔を見て絶句した。だが、達矢には意味がわからない。女は言った。

「達《たつ》ちゃんでしょ。あたしよ。覚えてない？」

化粧と薄暗い照明でよくわからないが、女は意外と若いようだ。昔見かけたことのある、とうの立ったママとは別人であることは確かだった。

しかし、彼女の「達ちゃん」という呼び方で、ふいに記憶が蘇《よみがえ》ってきた。

「あー、瑶子《ようこ》姉ちゃん！」

「思い出した？　でも、仕方ないわね。もう十年だもの」

上村《うえむら》瑶子は、達矢の二学年上の先輩だった。しかし、ただの先輩ではない。当時、彼女は兄の勇作と付き合っていたのだ。

「懐かしいわね——ほら、座って。けど、どういう風の吹き回し？」

「うん。いや、ちょっとね」

とたんに垣根が取り払われていく。達矢はスツールに座り、瑶子と向かい合う。

「もう飲めるんでしょ。何にする」

「じゃあ、とりあえずビールで」

「了解」

瑶子がビールの用意をするのを眺めながら、達矢は年月の流れを感じていた。彼が最初に気づかなかったのも無理はない。兄と付き合っていた頃、彼女はよく自宅に遊びに来ていたが、当時は花も恥じらう女子高生だったのだ。中学生の目からは大人っぽく思われたものだが、その頃はまだメイクもしていなかった。

「はい、おビール。あたしも、もらっていい？」

「うん。一人で飲むのもつまらないし」

「じゃあ、お言葉に甘えて。乾杯しましょう」

「乾杯」

カウンター越しにグラスを合わせ、冷たいビールを喉《のど》に流しこむ。

達矢は改めて瑶子を見つめる。二十七歳という年よりも大人びて見えるのは、どことなく顔によぎる翳りと、安っぽいスーツのせいだろうか。金髪に近いほど染めた髪が少々やつれた感じを与えた。しかし、彼女のぷっくりした頬《ほお》は昔のままだ。寂《さび》しげに見える目も、彼の記憶にあるのと同じであった。年齢を重ねた分、以前より色香を増したようにも思える。

「けど、ここで瑶子姉ちゃんと会えるなんて思わなかったな」

「あたしだって。達ちゃんも、ずいぶんと大人になったのね」

「この店はいつから？」

「前のママから店を任されたのは、三年くらい前だけどね。店自体は、もう長くなるわ」

彼女によると、ホステスとして働きだしたのは二十歳からだという。その前は、二年間ほど別の町で工場勤めをしていたらしいが、日がな口も利かず作業するのが性に合わず、古巣に戻ってきたようだ。

話し終えると、瑶子はグラスを置いた。

「いけない。何かつまむものがあったほうがいいわね」

「いいよ。その代わり、水割りをもらっていい？」

「遠慮しないで。どうせ乾き物くらいしかないんだから。水割りね」

瑶子はウイスキーと氷を用意するかたわら、手早くスナック類を皿にあける。

兄のことは訊ねないのだろうか。達矢が思っていると、彼女は水割りを作りながら、さり気なく切り出した。

「勇作は元気？　たまには会ったりするの？」

「元気だよ。建築会社に勤めてさ、最近現場監督になったらしいよ」

「そう。彼らしいわね――はい、水割り」

彼女はそれだけ聞くと、満足したようだった。所詮《しょせん》は青春の淡い思い出ということだろうか。十年の歳月は、それだけ長いということかもしれない。

代わりに瑶子は達矢のことを訊《き》いてきた。

「で、達ちゃんは？　なんか悩んでる、って感じだけど」

「え……。いや、別に俺は――」

「隠したってダメよ。お姉ちゃんにはお見通しなんですからね」

瑶子が含《ふく》み笑いを浮かべながら見つめてくる。一人っ子の彼女は、昔から恋人の弟を実の姉弟のように可愛がってくれていた。中学生の達矢にとってはこそばゆくもあり、ときとして甘えたい衝動に駆られたものだ。

達矢はグラスの酒をひと息に飲み干すと言った。

「ぷはっ――。瑶子姉ちゃんには敵わないな」

それから彼は失恋の経緯を語りだした。酒が饒舌《じょうぜつ》にしたのもあるが、何より聞き手がよかった。いつしか瑶子はスナックのママではなく、昔の「瑶子姉ちゃん」になっていた。

「――でも考えてみれば、相手に無理があったんだよ。同期入社なのに、向こうはどんどん営業成績を上げてさ。それに比べて、こっちはいつまでもダメ営業マンだったんだから」

「けど、達ちゃんは好きだったんでしょう。その子のこと」

「まあね。だから、思い切って誘ったんだよ。飲みに行こうって。その時点で永井――向こうは妙な顔していたんだから、気づくべきだったんだ」

飲みに誘うのはいつも映見のほうだった。その意味にもっと早く気づかなかったのが悔やまれた。彼女にとって、達矢は都合のいい「同僚」でしかなかったのだ。

「だけど、そのときの俺は告白のことで頭がいっぱいだったから。で、いざ告白してみたら、彼女、何て言ったと思う？」

「さあ。何て言ったの？」

「軽蔑《けいべつ》するような目で俺を見てね、『沢渡は色恋にかまけているレベルじゃないでしょ。仕事で一人前になってから出直してこい』だってさ。返す言葉もないよ。その通りだもの」

「けど、ひどい言い方ね。ほかに言いようはあると思うわ」

「でも、それで済めばまだよかったんだ」

「え。何があったの」

「次の日、会社に行くとね、その永井って女が同じ営業部の主任とイチャついているんだよ。わざと俺に見せつけるように。二人は付き合っていたんだ。だから、最初から全部俺の勘違いだったたってわけ。向こうが俺に好意があるなんてこと、まるでなかったんだなって。もう恥ずかしくてさ。居たたまれなくなって、溜まっていた有休をとったんだ」

一気呵成《いっきかせい》に話すと、達矢は少し胸のつかえがとれたようだった。会社を辞めようか迷っていることは言わなかった。酔ってはいても、彼にもなけなしのプライドがあったのだ。そこまで情けない顔は見せたくはない。

いつしか瑶子はスツールに並んで腰掛けていた。

「そうだったの。辛かったわね。だけど、もう済んだことよ。今日はとことん飲んで忘れちゃいなさい」

「うん、そうする。もう一杯ちょうだい」

達矢のかすんだ目が、瑶子の肉感的な体をとらえていた。サイズの合わないスーツが苦しそうだった。彼は言われたとおりにグラスを重ね、酔いに任せているうちに正体をなくしていった——。


夜の寒気に気がつくと、達矢は瑶子の肩を借りて、アパートの階段を上るところだった。ここまでどうやって辿《たど》り着いたのか記憶にない。

「あの、俺……」

「気がついた？　すっかり酔い潰れちゃってたのよ。浴衣で菊水館に泊まってるってわかったけど、こっちの方が近いから。ここの二階に住んでるの。少し休んでいくといいわ」

断ることもできただろう。だが、達矢はそうしなかった。夜気に晒《さら》され、酒は抜けかけていたが、寄り添う女の温もりがあまりに心地よかったのだ。

「狭いところなんだけど」

瑶子は言い訳しながらドアの鍵を開ける。

アパートは、ふた間に簡単なキッチンが付いていた。部屋は二つとも和室で六畳敷き。女一人なら充分な広さといえる。

「そっちの部屋で休んでいて。今、お水を入れるから」

「うん、ありがとう」

達矢は礼を言うと、フラつく足でテレビのある部屋に向かう。すると、こちらがリビングということらしい。室内は簡素で、家具もあまりなかったが、きちんと整頓されており、随所に女性らしい気遣いが窺《うかが》われた。

「ふうーっ」

酒臭い息を吐きながら、彼は壁に背中をもたせて腰を下ろす。

まもなく瑶子がコップを持ってやってきた。

「はい、お水。すっきりするわよ」

彼女はグラスを彼に渡し、自分のマグカップを座卓に置いて座った。ジャケットを脱いだらしく、ブラウスとタイトスカート姿になっている。

喉の渇きを覚えた達矢は、グラスの水を一気に飲み干す。

「あー、生き返った。やっぱりこっちの水は美味い」

「ウフフ。そうしていると、昔の達ちゃんを思い出すわ」

瑶子は座卓に肘をつき、目を細めて彼を眺めていた。そう言う彼女自身、白々《しらじら》と明るい照明の下で見ると、薄暗い店内にいるときよりも、昔の名残《なごり》をより強く感じられるようだった。

「何よ。そんなにジロジロ見ないで」

彼女は、達矢が物珍しそうに部屋を見回しているのに気づいて言った。

「いや——今、付き合っている人はいないのかな、って」

「いないわよ、そんなの。この町にいい男なんて残ってないもの」

「ふうん。瑶子姉ちゃん、綺麗《きれい》なのに」

普段の達矢なら、女性に褒め言葉など恥ずかしくて言えない。だが、相手は瑶子だった。昔馴染《むかしなじ》みの気安さから、自《おの》ずと口をついて出たのだ。

すると、瑶子は意外なほど喜んでみせた。

「嫌ねえ。達ちゃん、いつからそんなお世辞を言うようになったの」

「別にお世辞じゃ……、参ったな」

「だってね、この頃ではすっかり太っちゃったし。鏡を見るたびイヤんなっちゃうの。ほら見て、目尻のここに皺が目立ちはじめたりして」

彼女は言うと、よく見えるように両手をついて身を乗り出してきた。

「わかるでしょう？　ここの、目尻の辺り」

「う、うん。いや、そうかな……」

突然のことに達矢はドギマギしてしまう。顔が近い。彼女が話すたび、甘い吐息が顔にかかり、ルージュを引いた唇が物憂げに動いた。白いブラウスの薄い生地からブラジャーの輪郭《りんかく》が透けて見える。

瑶子はその位置から動こうとしなかった。

「ねえ、ちゃんと見てる？」

「見てるよ。けど、その……」

「お兄さんの面影があるわ」

彼女の手が、はだけた浴衣の裾から太腿《ふともも》の内側を撫でてきた。

達矢の息が上がる。

「よ、瑶子姉ちゃん……」

「達ちゃんも触って。ほら」

瑶子は言うと、空いた手でブラウスのボタンを外していく。真っ白な肌が現れた。前屈みになっているため、たゆたう双丘はブラで吊り下げられたようになっている。

達矢が魅入《みい》られながらも手をこまねいていると、彼女は焦《じ》れったそうに言った。

「ねえ、寂しいの――」

内腿に置いた手が這い上り、パンツの中をまさぐってきた。

「はうっ……。瑤子姉ちゃん、俺――」

肉塊《にくかい》を揉《も》みしだかれ、達矢は呻《うめ》き声をあげる。しかし、相手は兄の彼女だった人なのだ。あれから十年経ったとは言え、彼がためらうのも無理はなかった。

だが、体は正直だ。女の手でまさぐられ、ペニスは硬くなりはじめていた。

「達ちゃんのが大きくなってきた」

「あああ、そんなことされたらもう……」

達矢は耐えきれなくなり、ついに両手で瑤子の乳房に手を伸ばす。

「あんっ、いいわ。直接触って」

「う、うん」

甘い声で囁かれ、彼は言われたとおりにブラから柔乳を引っ張り出した。膨《ふく》らみは釣り鐘のように揺れ、乳首は硬くしこっていた。

瑤子も手で扱きながら息を荒らげている。

「上手よ、達ちゃんの触り方。すごく感じちゃう」

「本当？　あああ、だって柔らかくて——俺、こんなこと……」

「オチ×チン、舐めていい？」

衝撃的なひと言に、達矢は頭をガンと殴られたようだった。目の前にいる女は、かつて兄の恋人として認識していた人だった。沢渡家の引っ越しで、とうにその縁は絶たれているというものの、そう簡単に割り切れるものではない。

しかし彼の返事を聞く前に、瑶子はすでに足下へ回っていた。

「瑶子姉ちゃん、マズいよ。俺、こんなこと……」

「お尻を上げてくれる？」

言い合っている間にも、瑶子はパンツを脱がせてしまう。

浴衣のはだけた裾から硬直が突き出していた。

「あああ……」

達矢は思わず天を仰《あお》ぐ。瑶子は熱い息を吐いた。

「大きい」

見惚《みと》れる彼女が野花を摘《つま》むように、両手で茎の根元をそっと握る。

戦慄《せんりつ》が達矢の全身を貫《つらぬ》いた。

「おうっふ……」

「見て。こんなに硬くなってるよ」

瑶子は言いながら、まっすぐに彼を見つめて陰茎を扱《しご》きはじめた。

乱れたブラウスからこぼれた乳房がたゆたっている。

「瑶子……姉ちゃん――」

達矢は呻く。脳髄が沸騰《ふっとう》しそうだった。中学生だった彼にとって、二つ年上の「兄貴の彼女」は、いつも神秘的な存在だった。瑶子のどこか不良っぽい雰囲気に、余計に惹《ひ》かれてしまうのだ。その女性の前で性器を晒し、彼は背徳感と羞恥に責め苛《さいな》まれていた。

かたや瑶子は蕩《とろ》けた瞳で肉棒を愛《め》でていた。

「あんなに可愛かった達ちゃんが、こーんなに大人になったのね」

「はうっ、そんなことされたら――」

「男臭い匂い。エッチなオチ×ポね」

瑶子は舌を伸ばし、裏筋を根元からつつ、と舐めあげる。

「うはあっ」

思わず仰《の》け反《ぞ》る達矢。舌はさらに雁首《かりくび》を一周する。

「久しぶりに帰った男の子が、こんなに立派な男になってたんだもん。女は歓迎してあげなきゃ」

彼女は口走ると、唇をすぼめて赤黒い亀頭を口に含む。

「あー、この味。最高」

真っ赤な唇が、みるみるうちに太茎を呑みこんでいった。

得も言われぬ光景に達矢は目が眩《くら》みそうだった。

「瑶子姉ちゃんが……、俺のオチ×チンを舐めている――」

「んふう、もう止まんない」

やがて瑶子が頭を上下に振りだした。じゅぽじゅぽと湿った音をたて、喉の奥深くまで吸いたてるのだ。男に飢えている様子が窺《うかが》えた。

「ハア、ハア」

壁にもたれた達矢は顎を持ち上げる。瑶子の舌遣いは上手かった。彼女は兄ともこういったことをしたのだろうか。当時は十六、七歳だったはずだが、彼女はほかの同級生たちに比べて大人っぽいところがあった。

「んっふ、んっ」

なまめかしい息を吐き、夢中で股間に顔を埋めている。

どぎつい香水の匂いが鼻についた。達矢は無意識のうちに腰を浮かせる。

「はううっ、うう……」

瑶子は十四歳の時、ほかの町から転校してきた。達矢が中学生になったときも、帰宅部の彼女のことは知らなかった。初めて会ったのは瑶子が十六歳、彼が十四歳のときに兄が恋人として家に連れてきたのだった。

サッカー部の人気者だった兄・勇作が、孤独がちな瑶子と付き合った当初は珍しがられたものだった。しかし、部活終わりに待ち合わせて一緒に帰る二人の姿や、心を閉ざしがちだった瑶子が明るく打ち解けていく様子を見て、しだいに周りも若いカップルを微笑《ほほえ》ましく見守るようになっていった。

そして達矢にとっても、新しい「姉」の存在は影響を及ぼした。

「ハアッ、ハアッ」

彼は後ずさりするようにして尻を持ち上げた。

瑶子も肉棒を咥《くわ》えたまま、ついてくる。

「達ちゃんの、ヒクヒクしてる」

上目遣いで訴える「姉」は挑発的だった。

達矢の両手がうつ伏せた彼女の胸元へと伸びていく。

「瑶子姉ちゃん、俺……」

柔らかな膨らみが手に収まった。揉みしだき、指先で尖りを転がす。

とたんに瑶子がビクンと体を震わせた。

「あっふ……」

「俺、瑶子姉ちゃんのなかに入りたい」

口に出した瞬間、後悔した。言ってはならないことを言ってしまった。理性の声は訴えるが、肉棒は期待に青筋を立てている。

すると、瑶子が股間から顔を上げて言ったのだ。

「いいよ。きて」

「瑶子姉ちゃんっ」

瑶子に引かれ、達矢はその上に覆《おお》い被《かぶ》さる。

仰向《あおむ》けの彼女はなまめかしかった。

「あたしももう我慢《がまん》できないから、早くちょうだい」

「う、うん……」

瑶子はスカートをずり下ろし、達矢も慌てて彼女のパンティーを抜き取った。はだけたブラウスとブラジャーは面倒臭いからそのままだった。

達矢は怒張を提げ、改めて覆い被さった。

「本当に、いいの？」

「達ちゃんが欲しいよ。きて」

甘く誘われ、達矢は飛びこむようにして肉棒を突き立てた。

瑶子が熱い吐息を漏《も》らす。

「あっ……」

濡れそぼった蜜壷は、しんねりと硬直を包みこんだ。

肉襞《にくひだ》に根元まで咥えられた達矢はため息をつく。

「ほうっ……」

ついに繋《つな》がってしまったのだ。羞恥と背徳、そして昔の記憶が一気にこみ上げてくる。兄と瑶子が付き合い始めた頃、彼は不穏な噂を耳にした。瑶子が札付きの不良娘だという話だった。いわく、彼女は中学生の頃から男を知っており、その不品行な振る舞いが以前にいた学校で問題になり、一家で町を出ざるを得なくなったというのだ。

だが、達矢は瑶子が好きだった。噂など信じたくはなかった。

「ハアッ、ハアッ……」

根元まで突き入れた肉棒をそろそろと引いていく。ぬめりが竿肌を舐めた。

「ううっ」

「あっ……」

すると、瑶子も顔を歪《ゆが》めた。一日働き、濃いメイクに脂《あぶら》が浮いている。ブラウスを引っかけたままの腕が伸び、彼の太腿をさすっていた。

「あんっ、いいわ。すごくステキ」

「俺も……。ううっ、すぐイッちゃいそうだよ」

「いいのよ。達ちゃんの好きにして」

彼女は言うと、達矢の顔を引き寄せてキスをした。

「これも何かの運命ね。今日はいいことがある気がしたの」

すぐに舌が伸び、歯の間から滑りこんできた。達矢も応えるようにして舌を絡《から》ませる。甘い息を貪《むさぼ》り、女の唾液《だえき》を啜《すす》った。ルージュだろうか、彼女の唇はバラの花のような香りがした。

「瑶子姉ちゃん……」

瑶子の家は母子家庭だった。それも彼女に対する偏見を助長したのかもしれない。彼女の母親は、旅館の仲居をしながら女手一つで娘を育てた。瑶子も熱心に家事を手伝い、母の苦労を分かち合った。

達矢は、彼女のそうした姿をすぐそばで見ていたのだ。無責任な町の噂など信じられるはずもなかった。

「ぷはっ――」

キスを解き、彼は再び起き上がると、本格的に抽送《ちゅうそう》を始めた。

「ハアッ、ハアッ」

「あんっ、んっ。イイッ」

太竿は媚肉《びにく》を抉《えぐ》り、欲汁が混ざり合って、くちゅくちゅと湿った音をたてる。

達矢は腕をつき、欲望に任せて腰を振った。

「ハッ、ハッ、ハッ」

突き上げるたび、瑶子は顎を持ち上げて喘《あえ》いだ。

「んああっ、イイッ。もっと」

LEDの白けた明かりに照らされた柔肌。重力で平べったくなった乳房がゆさゆさと揺れている。

「瑶子姉ちゃんっ」

たまらず達矢は身を屈め、搗《つ》きたての丸餅のような膨らみにしゃぶりつく。

「びじゅるっ、ちゅばっ」

「んああっ、ダメえっ」

瑶子の喘ぎ声が高くなる。しかし、安普請《やすぶしん》のアパートゆえか、それでも懸命に声を押し殺そうとしているようだった。

香水の匂いに包まれ、達矢はなおも抽送を続けた。

「むぷうっ、ちゅぱっ。ううう……」

「あっ、イイッ……達ちゃん、あたし——」

瑶子は両手で彼の頭をかき抱く。漏れる声が掠れていた。

やがて達矢は苦しくなり、また起き上がって頂点を目指した。

「ああぁ……もうダメだ。出ちゃいそうだよ」

熱い塊《かたまり》が陰嚢《いんのう》の裏からこみ上げてくる。見下ろす瑶子の顔に昔の姿が重なって見えた。

「はひぃっ、あたしも——きて。全部出して」

「出るよ。出すよ。ハアッ、ハアッ」

「イイッ、あふうっ……んあああっ」

瑶子は我慢しきれないように声をあげると、媚肉を押しつけるようにして、思いきり身を仰け反らせた。

その反動で蜜壺が締まる。肉棒は限界だった。

「うはあっ、出るっ！」

達矢の全身を愉悦《ゆえつ》が駆け抜け、温もりのなかに白濁液《はくだくえき》をたっぷり注《そそ》ぐ。

ほぼ同じタイミングで瑶子も果てた。

「イクうっ！」

両脚のつま先がピンと伸び、短く悦《よろこ》びの声をあげる。下腹がキュッと締まり、なおも男の精を吸い尽くそうとした。

「ほうっ……」

「んんっ……」

そうしてストロークも徐々に小さくなっていった。終わったのだ。

射精した後、達矢はしばらく動けなかった。十年ぶりに故郷に帰ってきたと思ったら、その日のうちに兄の元カノと肉を交えていたのだ。夢でも見ているようだった。

一方、瑶子はすでに我に返っているようだった。

「達ちゃん、すごくよかったわ。久しぶりにイッちゃった」

まだ悦楽の跡を残しながら、その顔は微笑んでいた。

笑ったときの優しい目元は昔のままだ。達矢は感慨に耽《ふけ》りつつ、ゆっくりと彼女の上から退《ど》いた。

「ううっ」

「あっ……」

結合が解けると、反動で雫《しずく》が飛び散った。ペニスはまだ勃起《ぼっき》したままだったのだ。かたや瑶子の股間には、白く濁ったジュースが溢《あふ》れ出していた。その様《さま》は、ぽっかりと口を開いた花弁が満足そうによだれを垂《た》らしているようだった。


それからひと息つくと、瑶子が言いだした。

「ねえ、汗を流しに町湯に行かない？」

彼女の言う町湯とは、地元の人間だけが利用できる共同温泉のことだ。もちろん達矢も知っている。

「鍵、持ってるの？」

「ええ。久しぶりに、どう？」

話は決まった。達矢は浴衣を着直し、瑶子が上下トレーナーに着替えると、二人はアパートを出た。時刻はもう夜十一時を回っている。

ひと汗掻き、すっかり酒も抜けていた。火照《ほて》った体に夜風が気持ちいい。

暗い路地を並んで歩きながら、ふと達矢が口を開く。

「さっきのことだけど――」

　自分から言いだしておきながら、言葉に詰まってしまう。誘惑してきたのは彼女のほうだ。しかし、自分も愉悦に耽っておきながら、何が言えるだろうか。これが普通の里帰りなら、おそらく彼女と寝たりはしなかっただろう。失恋の傷を癒やしたい一心で、つい目の前の誘惑に負けてしまったのだ。

　結局、何と言っていいかわからず、達矢は別のことを言いだした。

「お母さんは、元気？」

「うん、元気よ。昔と同じ所に住んでいるの。近所だから、しょっちゅう帰っているわ」

「そうなんだ。よかった」

　それから二人は無言で歩いた。

　町湯は五分くらいの所にあった。瑶子がトレーナーのポケットから共同温泉の鍵を取り出す。鍵は住民のほとんどが持っていた。

「この時間じゃ、やっぱり誰もいないわね」

　やかましい音をたてる引戸を開け、中に入る。玄関の横に下駄箱があり、上がると浴場への入口が男女別に分かれている。

返した。


「ねえ、一緒に入らない？」

ふと思いついたように瑶子が言った。達矢はサンダルを下駄箱にしまいながら問い

「そんなことして大丈夫なの？」

「平気よ。あたしもよく来るんだけど、この時間からだともう誰も来ないから」

「ふうん。だったら」

こうして彼らは一緒に女湯に入ることにした。とはいえ、達矢はやはり緊張してしまう。女湯に侵入するなど初めてのことだ。

瑶子が先に引戸を開け、後ろの達矢を励ますように言う。

「ほら、いらっしゃい。誰もいないんだから」

「う、うん」

思い切って脱衣所に足を踏み入れる。しかし、少々拍子抜けだった。内装は男湯とまるで変わらなかったからだ。共同温泉だけに、もとより女湯らしい飾りつけなど全くない。そのうえ誰もいないとなれば、まるで見分けがつかなかった。

だが、瑶子がいた。彼女はさっさと服を脱ぎ、全裸になっていた。

「どうしたの。達ちゃんも早く脱ぎなさいよ」

「うん。だね」

もちろん懐かしさもある。達矢も小学生の頃は、よく友人たちと訪れたものだ。男の子同士での裸の付き合いは楽しかった。しかし中学生になると、自ずと足は遠のいていった。思春期で恥ずかしさを覚えたためだ。昼間などは年寄り客が多く、説教がましいことを言われるのも、足が遠のく原因の一つでもあった。

「先に入って、お化粧を落としてしまうわ。少し経ってから来てくれる?」

すでに瑶子はタオルを持って、浴場に入るところだった。さっきは早くしろと言ったくせに、今度は少し時間をおいてから来いという。まるで矛盾しているが、メイク落としする姿を男に見られたくないのだろう。恋愛には疎《うと》い達矢だが、それくらいは何となく想像できた。

「わかった。そうするよ」

瑶子の豊かな尻を見送ってから、達矢は浴衣を脱ぎはじめた。ふと見ると、脱衣籠《かご》に瑶子の下着が丸めて入れてあった。先ほどの悦楽が蘇り、下半身が疼《うず》く。彼は童貞というわけではなかった。といっても、経験したのは一人だけだ。二十一歳の時、大学の友人と行った旅行先で知り合った同い年の女子大生だった。しかし、その後一度だけデートすると、音信不通になったのだ。初体験は素晴らしいものだったが、恋人とも言えない関係で終わってしまったのだった。

今夜のことはそれ以来、実に四年ぶりの交わりであった。なまじ一度経験しているだけに、溜まった欲望は人一倍膨らんでいる。達矢は瑶子の下着を見つめながら、我知らず自ら陰茎を弄《もてあそ》んでいた。

するると、浴場から瑶子の声が呼びかけてくる。

「どうしたの。もういいわよ」

「うん、今行く」

全裸になった達矢は、タオルで前を隠しながら浴場に入った。

共同温泉はさほど広くない。壁の一面にカランが五つ並んでおり、瑶子は一番奥のほうに座っていた。

「何してたの。心配になってくるじゃない」

髪をアップにした彼女はすでにメイクを落とし、すっぴんになっていた。

達矢はその姿にドキッとする。素顔の彼女は昔のままだった。

「ごめん。ちょっと考え事をしていたから」

「なぁに、例の彼女のこと？　もう忘れちゃいなさいよ」

瑶子は言うと、立ち上がって石造りの温泉に向かう。

「達ちゃんも、ざっと汗を流したらいらっしゃい。先に入っているわ」

「うん」

達矢は答えると、洗い場に座りシャワーで汗を流す。

背後から瑶子が話しかけてきた。

「さっき何か言いかけていたでしょう？」

「え」

「ここに来る途中でよ。誤魔化したってダメ。本当は、あたしのお母さんのことを訊きたかったわけじゃないんでしょ」

見抜かれていたのだ。もはや逃げ場はないように思われた。このうえ別の嘘《うそ》をついても意味がないだろう。達矢はシャワーの湯を頭から浴び、覚悟を決めるまでの時間稼ぎをする。

だが考えてみれば、このシチュエーションは好都合ともいえた。直接顔を合わせずに済むからだ。シャワーから顔を上げた達矢は口を開いた。

「実は、ずっと気になっていたんだ。その……瑶子姉ちゃんと兄貴って、どういう付き合いだったのかな、って」

「どういう付き合いって？　達ちゃんも知っているじゃない」

「い、いや。だからさ、何て言うか、当時は二人とも高校生だったわけじゃない」

「うん、そうね」

「それで、その頃二人は、いわゆる男女の関係があったのかな、なんて――」

しばらく返事はなかった。デリカシーのない質問に怒っているのだろうか。達矢は気にかかりつつも、振り向くことができなかった。

するとし、瑶子は言った。

「なぁんだ、そんなことを気にしていたの？　もう達ちゃんたら。なかったわよ。あたしたち、とてもプラトニックな関係だったの。勇作が友達のいないあたしを気にかけてくれていたのは知っていたし、ともかくそんなんじゃなかったのよ」

要するに、肉体関係はなかったということだ。達矢はホッとしながらも意外に感じた。だが、意外に感じる理由には、彼女への偏見も含まれているような気がして、我ながら情けなく思う。

瑶子が続けた。

「けど、変なの。兄弟なのに、勇作とはそういう話とかしなかったんだ」

「うん。兄貴とはそういう感じじゃなかったから」

「あ、でも思い出した。一度だけね、キスしたことはあるのよ。ほっぺにチュッって。

あたしから一方的にしただけなんだけど」

「そっか。そうなんだ」

達矢はなぜか胸が締めつけられるようだった。懐かしさや後悔が入り混じり、複雑な思いだった。よしんば当時の噂が事実だったとしても、瑤子は人の心を理解し、信じた相手には誠実に振る舞える女性であった。

「まあ、どっちにしたって昔のことね。十年経つんだもの、今ではいい思い出だわ」

「俺も、そっちに行っていいかな」

いつしか達矢の心のつかえは取れていた。彼女の言うとおりだ。兄はもちろん、瑤子もそれぞれ自分の人生を歩んでいる。

彼はシャワーを止めて、瑤子のいる温泉に自分も浸かる。

「うわあ、気持ちいいなあ。この肌触り、思い出すよ」

「でしょう？　ね、こっち来て」

笑みを浮かべた瑤子が手招きする。

達矢は泳ぐようにしてそばに近づいた。

「やっぱり達ちゃんは達ちゃんね」

「どういうこと？」

「ううん、何でもない。キスして」

瑶子は突然言うと、唇を差し出してくる。

素顔の彼女はメイクをしているときより幼く見えた。達矢は胸をときめかせながら、新鮮な気持ちで唇を重ねた。

「ん……」

瑶子が息を漏らす。すぐに舌が這いこんできた。

一方、達矢は肩を抱き、夢中で舌を貪った。今度はバラの香りはしない。おかげで彼女の甘い息の匂いがより強く感じられる。

「んんっ」

「ふぁう——」

熱く舌を絡ませながら、やがて達矢の手が乳房をまさぐる。背中から腕を回し、両手で念入りに湯中の柔乳を揉んだ。

「あんっ」

堪《こら》えきれず、瑶子の唇が離れてしまう。しかし、彼女は同時に後ろ手を伸ばし、肉棒を揉みしだいてきた。

「うう……」

湯中にあるため快感は鈍い。だが、達矢の欲情は猛《たけ》った。もう遠慮はいらないのだ。彼は後《おく》れ毛《げ》のこぼれたうなじに吸いつき、彼女の股間をまさぐった。

「んっふ……感じちゃう」

「瑶子姉ちゃん、いい匂いがする」

「ダメ。のぼせちゃいそう」

瑶子の言葉をきっかけに、二人は立ち上がる。だが、互いに愛撫し合う手は止めなかった。

浴槽の縁まで来ると、達矢は言った。

「瑶子姉ちゃんのアソコが見たい」

「いいわよ」

息の上がった瑶子は言うと、縁に両手をついて尻を突き出す恰好になった。

達矢は背後に回り、しゃがんで秘部と顔の高さを合わせる。

「すごくいやらしい」

目の前には、濡れそぼった割れ目があった。鼻をそば寄せると、牝汁《めすじる》特有の匂いがする。彼はたまらずむしゃぶりついた。

「びちゅるるるっ」

「んあっ、イイッ」

とたんに瑶子がいななく。その声が浴場に反響した。

達矢は尻のあわいに顔を埋め、夢中で媚肉に舌を這わせる。すると、さらに中からジュースが噴きこぼれてきた。

「瑶子姉ちゃんのオマ×コ。うう、美味《おい》しい」

「ああん、いやらしい達ちゃん。もっと舐めて」

クリトリスが肥大しているのが、舌の感覚でもわかった。湯中にある肉棒も、ムクムクと鎌首《かまくび》をもたげはじめていた。

「んああ……ねえ、もうあたし、欲しくなってきちゃった」

瑶子がねだるように尻を蠢《うごめ》かす。恥毛から滴《したた》るのは温泉の湯か、それとも愛液だろうか。

「俺も、もう我慢できない――」

興奮で頭に血が昇ったのもあって、達矢もいい加減のぼせてきた。彼は湯からざばと立ち上がり、すでに硬くなっている陰茎を花弁めがけて突き入れる。

「ほうっ」

「あふうっ、きた……」

バックで挿入され、瑶子が悦びの声をあげる。

温泉の効能か媚肉はいい感じでほぐれていた。ぬめりをまとった蜜壺は慈《いつく》しむように肉棒を包み、細かい凹凸が竿肌をくすぐった。

「あああ、気持ちいいよ。瑶子姉ちゃん──」

達矢は目を瞑《つむ》り、挿入の快楽に酔い痴れる。兄と彼女は肉体関係がなかった。中学生の彼は優しい瑶子を慕《した》いつつも、兄に嫉妬を覚えることもあった。自分にそんな恋人はできなかったからだ。しかし時を経て、彼は瑶子を征服していた。兄に対する妙な優越感が欲望を昂《たか》ぶらせていく。

「うおおっ」

再び目を開いた達矢は、猛然《もうぜん》と太竿を振りかざした。

とたんに瑶子が身悶える。

「んあああっ、イイッ」

体を支える腕に力がこもり、白い背中に肩甲骨《けんこうこつ》が浮きあがる。喘ぎ声が室内に反響した。

達矢は両手で尻たぼをつかみ、硬直を突き立てた。

「ハアッ、ハアッ、ハアッ」

「んふうっ、ああっ、達ちゃんすごい」

「瑶子姉ちゃんのなか、あったかいよ」

「達ちゃんだって……あふうっ、カチカチだわ」

期せずして足湯に浸かって交わる形になった男女の肌は、瞬《また》く間に汗が噴き出してくる。

「うはあっ、締まる」

「あんっ、もっと、きて」

交錯する喘ぎ声が湯けむりに広がる。抽送するたび、ぴちゃぴちゃと湿った音が鳴った。

達矢の額は大量の汗をかいていた。体中が火照って熱い。

「ハアッ、ハアッ、ううう っ……」

だが、媚肉に包まれた肉棒はもっと熱を帯びていた。今にも火を噴きそうだが、腰のグラインドは止められない。

瑶子もまた肉欲の虜《とりこ》になっているようだった。

「はひぃっ、もうダメ――」

これ以上耐えられないというように、腕を曲げて肘をつく。床に突っ伏したような恰好になり、頭を垂れて悦楽に浸《ひた》っていた。

しかし、達矢はもう限界だった。

「瑶子姉ちゃん、俺もう――」

「いいわ。あたしもイキそう。一緒にイこう」

なまめかしい声で誘われ、さらに劣情は増していく。

達矢は憧れのお姉さんをこの手で鳴かせる欲望に突き動かされ、無我夢中で腰を穿《うが》った。一瞬だが、かつての瑶子を犯しているような気分になる。

「うあああっ、瑶子姉ちゃんっ」

「はううっ、ダメえええっ。イッちゃう、イッちゃうからぁ」

アパートのときと違い、瑶子も遠慮なく声をあげる。しっとりとした肌に赤みが差し、乳房は浴槽の縁に押しつけられていた。

高ぶりが限界に近づき、肉体の欲求に身を任せる。

「もうダメだ。出るっ……」

快楽に全身が痺《しび》れたようになり、熱い塊が肉棒から勢いよく放たれる。

瑶子が伏せた頭をもたげた。

「んあああっ、イイッ。イイイッ、イッちゃううううっ！」

絶頂は瞬間的に段階を経て、遙かなる高みへと昇り詰めた。身を打ち震わせ、胎内に放たれた男の精をゴクゴクと飲み干すようだった。

「ううう っ、ううっ……」

「はひぃっ、イイッ……」

二人を襲った高波がゆっくりと引いていく。腰の動きも徐々に収まっていった。

達矢は尻を抱えたまま、しばらく絶頂の余韻に浸っていた。

「ハアッ、ハアッ、ハアッ、ハアッ」

ずっと足が湯に浸かっていたせいか、喉がカラカラだった。

瑶子も身動きできないようだ。床に突っ伏した姿勢で呼吸を整えていた。

「ひぃっ、ふうっ。イッちゃったね」

「うん。我慢できなかった」

「久しぶりによかったわ。とても――」

瑶子は途中で言葉を切った。呼吸が苦しいのだろう。しかし、彼女の口調には何か別の意味も含まれているようだった。

「達ちゃん、そろそろ――」

「ああ、うん。そうだね」

彼女に促《うなが》され、達矢は思い出したように蜜壺から肉棒を抜いた。

「おうっ」

「あっ」

絶頂で敏感になっていた二人はそろって声を漏らす。瑶子の尻は、達矢の腰がぶつかっていた場所が赤くなっていた。綺麗なアヌスがヒクつき、ぽっかりと口を開けたままの花弁からこぼれる白濁が淫《みだ》らだった。

それから二人はまた汗を流すと、温泉から上がった。脱衣所で服を着直すにつれ、瑶子の柔肌が隠れていってしまうのを達矢は惜しむように眺めていた。旅館で飲みに出ようと思ったときは、こんなことになるとは思いも寄らなかった。

外に出ると、火照った体に寒風が心地よかった。

トレーナー姿の瑶子が気持ちよさそうに伸びをする。

「あー、いい夜ね。生き返るみたい」

喋《しゃべ》ると吐く息が白かった。歩き出しながら彼女は言った。

「で、どうする？　もう遅いし、今夜はうちに泊まっていく？」

達矢が見ると、瑶子はまっすぐ前を向いたままだった。彼女は今夜のことをどう思っているのだろうか。時が経てば、やはり「いい思い出」になるのだろうか。

夜空を見上げると、満天の星が輝いていた。彼は言った。

「ありがとう。でも、やっぱり菊水館に戻ることにするよ。関口のおじさんも心配するだろうし」

旧知である旅館の番頭を持ち出したのは、彼女の親切を無下に断りたくなく、やんわり去りかったからだった。

瑶子も重ねて翻意させようとはしなかった。

「そう。なら、気をつけてね」

「瑶子姉ちゃんも。また近いうちにお店に寄るよ」

「おやすみ。達ちゃん」

そうして二人は路地の角で別れ、達矢は川沿いの道に出た。せせらぎの音は、行きに聞いたのとは違っているようだった。そう思うのは、自分の心持ちのせいだと彼もわかっていた。まさかの再会にまだ胸が昂ぶっていた。このことは、兄貴には絶対内緒にしておこう。

第二章　仲居と若女将

翌日、達矢が目覚めたときにはもう昼近かった。ぐっすり眠っている彼に気を使って、旅館の者も起こしにこなかったようだ。

「うーん」

布団の上で伸びをする。外は快晴だった。昨夜のことが夢のようだ。

達矢は内風呂で頭をすっきりさせると、私服に着替えて外出した。この時間帯、大浴場は掃除中とわかっているし、旅館は昼食を出さないからである。

メイン通りは、観光客で賑《にぎ》わいを見せている。特に行く宛《あて》もなかった彼は、人混みから離れるように川の上流に向かう。

菊水館からしばらく上っていくと、高原が広がっている。高原には整備された遊歩道があり、秋には一面に野花が咲くが、冬のこの時期にはあまり見るべきものはない。おかげで観光客も少なく、ぽつぽつと好事家《こうずか》がカメラ片手に歩いているくらいであった。

　達矢には、この冬枯れの風景も昔馴染みだった。失恋の傷は、まだ完全に癒えてはいない。しかし、懐かしい景色を眺めていると、東京での出来事が遙か遠くなったようにも感じる。

　そうしてブラブラしていると、遊歩道に一人でいる女を見かけた。女は丈《たけ》の長いベンチコートを羽織り、歩くでもなく遠い山並みを眺めていた。背中を見せているのでよくわからないが、艶《あで》やかなセミロングの髪からすると若いようだ。

（女の一人旅か）

　達矢はそんなことをボンヤリ考えながら、行き過ぎようとした――が、そのとき偶然こちらを向いた女の顔を見て、思わずたたらを踏んだ。

「美咲《みさき》先輩!?」

「え――嘘。もしかして達矢くん？」

　向こうも驚いたようだった。彼女は塩田《しおた》美咲。中学時代、水泳部の二年先輩だった人である。

　思わぬ再会で会話に花が咲く。

「驚いたわ。こんな所で達矢くんに会うなんて」

「こちらこそ。美咲先輩、いつこっちに帰ってきたんですか」

「違うの。五日ほど前に来て、しばらく滞在しているのよ」

「じゃあ一緒だ。俺も二日前から菊水館に泊まっていて――」

「え？　だって、達矢くんって……」

「あー、そうか」

美咲は中学卒業後、父親の転勤で関西へ引っ越していた。達矢の家族がT町を出たのは、その二年後であった。彼女が知らないのも無理はない。

彼が経緯を説明すると、美咲も納得したようだ。

「なるほど。だとしたら、すごい偶然ね」

「本当に。ビックリしちゃって、まだ心臓がバクバクしていますよ」

達矢は軽口を叩きながらも、実際胸の昂ぶりが抑《おさ》えられなかった。彼にとって美咲は初恋の人だった。中一で水泳部に入ったときから、ずっと淡い憧れを抱いていたのだ。しかし、美咲は県大会にも出場した女子のエース、それに引き換え達矢は万年補欠の目立たない生徒であった。告白などできるわけもなかった。

二十七歳になった美咲は、大人になりさらに美しくなっていた。

「けど、達矢くんもずいぶん大きくなったわ――ごめん、当たり前か」

昔と変わらぬパッチリした目が見つめてくる。達矢はドギマギしながら答えた。

「中三の秋頃から伸びたんですよ。それまでは小《ち》っちゃかったですもんね」

「ところで、お昼はもう食べた？　よかったら、どこか一緒に行かない？」

「ええ、まだ。ぜひ」

話は決まり、二人は町へと向かう。並んで歩くと、達矢のほうが美咲より十センチほど背が高かった。当時は逆だったのだ。


町へ戻ると、美咲が知っているという蒸し料理の店に入った。蒸し料理というのは温泉の蒸気を使い、野菜や鶏などを食べさせる地元名物である。

店員に案内され、二人は席に着いた。ベンチコートを脱ぐと、美咲はふんわりしたニットのワンピース姿だった。

「達矢くん、お店で蒸し料理を食べるのなんて初めてじゃない？」

「はい。こっちにいたときは、わざわざ食べに行かないですもんね」

「わたしも。実は、今回の滞在で初めてなの」

「ところで、美咲先輩はどこに泊まっているんですか」

「うーん、泊まっているっていうか……。達矢くんは知ってる？　川下にある『山《やま》ノ湯《ゆ》ホテル』って」

「ええ。まだ行ったことはないけど」

「そこでね、臨時スタッフとして働いているんだ。今日は半休をもらっているんだけど――」

美咲の口調には、どこか曖昧《あいまい》なところがあるように思われた。何か事情があるのだろうか。

だが、達矢が口を開く前に、料理が運ばれてきた。

「うわあ、美味しそう。達矢くんもほら、食べよう」

「はい。いただきます」

蒸し料理は美味く、何より漬《つ》けダレが家で食べるのとは全然違う。朝食抜きだった達矢は、蒸しザルの食材を次々と平らげていった。

一方、美咲は彼の健啖《けんたん》ぶりを微笑ましく眺めつつ、ゆっくりと食べている。

「ね、達矢くんは今どんなお仕事をしているの？」

達矢は鶏を頬張りながら答えた。

「スポーツウェアを作る会社で営業をしています」

「へえ、すごい。営業って、いろんな会社を訪ねるんでしょう？　大変そうね」

「いえ、それほどでは……」

仕事の話になり、達矢は口ごもる。初恋の人に自慢できるような話はひとつもなかった。むしろ、そこから逃げてここに来たのだ。

美咲も、彼の反応が鈍いのに気づいたらしい。話題を変えた。

「まだしばらくは菊水館にいる予定なの？」

「ええ、そのつもりですけど」

「わあ、よかった。だったら、また会おうよ」

「俺はいいですけど、美咲先輩はホテルの仕事で忙しいんじゃ――」

「今日みたいな半休の時もあるし、達矢くんがホテルに遊びに来てくれてもいいんだよ。ダメかな？」

「いやいや、ダメだなんて……。美咲先輩さえよければ、喜んで」

こうして遅めのランチを終えると、美咲は仕事があるとホテルに帰っていった。

達矢の胸はときめいていた。「美咲先輩」と、こんなふうに二人きりで過ごしたのは初めてだった。しかも、向こうから「また会おう」と言ってきたのだ。心が浮き立つ彼は、足取りも軽く菊水館への道を歩いた。何かいいことがありそうな予感がする。

夕食の時間まではあっという間だった。美咲と今度はどこへ行こうかと想像するだけでニヤつきが止まらない。初恋の人と偶然再会したことで、東京での出来事がさらに遠のいていくのが感じられた。

そうして達矢が客間で寛《くつろ》いでいると、ノックする音が聞こえた。

「夕食をお持ちいたしました」

「はい、どうぞ」

彼が返事すると、仲居が引戸を開いて三つ指をついた。

「失礼いたします」

しかし、達矢は面《おもて》を上げた仲居を見て驚く。

「由利江《ゆりえ》先生――!?」

「お久しぶり、達矢くん」

達矢が驚いたのも無理はない。なんと、そこにいたのは彼が中学時代に通っていた学習塾の講師・野口《のぐち》由利江だったのだ。仲居らしく髪をアップにし、お仕着せの和服をまとってはいるが、その柔和な笑みは昔と同じだった。

由利江は料理を並べながら言った。

「もう十年になるかしら。達矢くんも、ずいぶん大人になったわね」

「ええ、まあ……」

達矢は呆気にとられ、生返事になる。由利江先生がなぜ――？　最初の驚きが過ぎると、今度は疑問が湧いてくる。いったい何があったというのか。

その間にも、由利江は料理を並べ終わっていた。

「お酒になさいます？　それとも、すぐにご飯をおつけしますか」

「あ。じゃあ、ご飯をください」

「はい。かしこまりました」

かつての教え子を前に、由利江は淡々と職務をこなした。

「どうぞ。お熱いうちにお召し上がりください」

彼女は言って、飯椀を差し出してくる。

一方、達矢は世話になった講師に給仕され、どこか気まずさを覚えてしまう。

「ありがとう……ございます」

そうして箸を取って食べはじめるが、料理の味はわからなかった。

端に控えた由利江は、しみじみとした表情で彼を見つめている。

「達矢くんが中学三年で引っ越してしまったときは、残念だったわ。受験は上手くいったんでしょう？」

「おかげさまで。由利江先生がいなかったら、大学受験も失敗していたと思います」

中学時代、達矢は数学が苦手だった。由利江はその弱点を補うため、授業の枠を超えて、熱心に個人指導してくれたのだ。

彼は料理をパクつきながら、抱える疑問を投げかけてみた。

「ところで、いつから由利江先生はここに？」

聞きにくい質問だったが、由利江は屈託なく答える。

「もう三年になるかしら。ほら、ここら辺も子供の数がずいぶんと減ってしまったでしょう？　それで思い切って転職することにしたの」

「はあ」

実際、達矢がいた頃から、町には子供が少なくなっていた。学習塾が立ちゆかなくなったのも、仕方がないことなのだろう。時の流れは残酷だった。

だが、由利江に気落ちしている様子は見られなかった。

「でもね、達矢くん。旅館の仕事も、やってみると楽しいものよ。学習塾とはちがった学びが毎日あるわ」

「相変わらず、由利江先生は前向きなんですね」

「あら、達矢くんもいっぱしのことを言うようになったわね。そうよ。人間、前向きに生きていかなきゃ――。それはそうと、達矢くんはまだしばらくこっちにいられるの？」

「ええ。そのつもりです」

「そう。久しぶりの故郷で、ゆっくり羽を伸ばしていってね」

由利江は彼の突然の里帰りの訳を訊ねようとはしなかった。それが達矢にはうれしい。

しかし、ようやく旧交を温めたところで、彼女が思い出したように言った。

「大変。いつまでも油を売っていたら、女将さんに怒られてしまう。達矢くんが泊まっていると聞いて、女将さんに無理を言って替わってもらったんだもの」

「あ。なら、どうぞ仕事に戻ってください」

「そうする。またあとで布団を敷きにくるから」

由利江は言うと、入ってきたときと同じようにお辞儀して出ていこうとした。

だが、達矢はふと名残惜しいような気がして声をかける。

「由利江先生、あの――」

「ん？　なにかしら」

しかし、彼は何か考えがあったわけではない。思いつくまま敵当なことを口にする。

「いえ、その……マッサージをお願いすることって、できますか？」

するとと、由利江はなぜか少し思案するようだった。心なしか赤面しているようにも見える。

「呼べますよ。一時間後くらいに参りますので」

そうして彼女は客間を出て行ったのだった。


夕食を終えた達矢は手持ち無沙汰だった。勢いでマッサージを頼んでしまったものだから、大浴場へ行って部屋を空けるわけにもいかない。その間に、由利江が布団を敷きに現れたが、ほとんど無言だった。

そして一時間経った頃、客間にマッサージ師が訪ねてきた。

「失礼します。マッサージに伺いました」

だが、現れたマッサージ師を見て達矢は驚いた。由利江だったのだ。

「え。なんで――？」

「なにしろ人手不足でしょう？　一人二役なの」

由利江は和服から着替えていた。マッサージ師がよく着ているような、上下ブルーの半袖シャツとパンツスタイルだ。おかげで熟女《じゅくじょ》らしいむっちりしたボディラインが露《あら》わになっている。

胸の高鳴りが達矢を襲う。

「まさか、由利江先生が来るとは思わなくて」

「仲居を始めたときに、何か手に職をと思って勉強したの――。さ、背中から始めますからうつ伏せになって」

かく言う由利江も、どことなく照れ臭そうだった。剝《む》き出《だ》しになった二の腕が白い。

ともあれ達矢は言われたとおり、浴衣で布団へうつ伏せに横たわる。顔を合わせずに済むのがありがたかった。

まもなく背後から声がした。

「失礼します――」

まずは背中にタオルが掛けられるのがわかった。それから達矢の腿裏に由利江が跨がる。彼女は体重をかけないよう腰を浮かせていたが、布越しに女の温もりが伝わってきた。

そして肩甲骨周りからマッサージが始まる。

「強さは大丈夫かしら？　痛くない？」

「ええ、ちょうどいいです」

「まあ、若いのに結構凝《こ》っているわ。仕事のストレスが溜まっているんじゃない？」

念入りな指圧は筋肉の奥まで響いた。しかし、達矢は落ち着かない。こんなふうに塾講師と体を触れ合うようなことは、かつてなかったことだった。

マッサージは背骨に沿って下がっていき、腰椎《ようつい》辺りを集中的に揉みほぐし、臀部まで至った。

「じゃあ、今度は仰向けになってくれる？」

「はい」

顔を合わせるのは恥ずかしいが、観念するしかなかった。いったん由利江が退くと、達矢は体をひっくり返した。

だが、予想に反して彼女は彼の脇に腰を下ろし、手のひらを揉みだした。

「手のひらってね、すごくたくさんのツボがあるのよ」

由利江の手は温かかった。自分は横たわったままで、かつての恩師にマッサージさせているのが不思議だった。ぴっちりしたパンツが熟女の下半身を際立《きわだ》たせている。

達矢は思わず股間が熱くなるのを感じ、懸命に別のことを考えようとした。

指圧は手のひらから徐々に腕を上ってくる。由利江も気詰まりを覚えたのか、ふと身の上を語りはじめた。

「そういえば、達矢くんはわたしが結婚してたことを知っていた？」

「あ……いえ。初耳ですけど」

「そうよね。こっちに越してくる前のことだもの。結婚したのは二十六歳の時だったかな。わたしも若かったわ」

「離婚されたんですか」

「ううん、そうじゃないの。結婚して一年後、交通事故でね……。ショックだったけど、周りの支えもあって、なんとか立ち直らなきゃって。それでこの町に来たの」

「ああ、そんなことが――」

知らなかった。達矢の知る彼女は、最初から独り身だった。しかし、実は未亡人だったという。当時中学生の彼には知る由《よし》もなかった。

由利江は続けた。

「でも、この町で学習塾を開いて、忙しくしているうちに辛いなんて言っていられなくなった。幸いなことにね。それから十年、達矢くんを含め、子供たちのおかげでなんとか立ち直れたのよ」

達矢の脳裏に昔の記憶が蘇る。厳しくも優しい講師だった由利江は、授業のあとに手作りの夜食を振る舞ってくれたものだ。食べ盛りの生徒たちは、それが楽しみで塾に通っていた。今思えば、あれも彼女の悲しい経験があってのことなのだろう。

「はい。今度は足のほうをやるわね」

由利江は言うと、彼の股間を覆うようにタオルを掛けた。

しかし、彼女はどうして自分にそんなことを話すのだろう。達矢があれこれ考えているうちに、彼女が片方の足に跨がってきた。

「骨盤周りをほぐすから、こうしたほうがやりやすいのよ」

こちらから訊ねてもいないのに、彼女は弁解するように言う。

まもなく骨盤のマッサージが始まった。

「T町に来て、塾を開いてから十年。それから菊水館に三年。で、気がついたらわたしもいい歳よね。長いようで短かったな」

独り言のように述懐する由利江に対し、達矢にはかける言葉がなかった。失恋したくらいで逃げ出した自分がひどく浅はかに思える。

その間にも、マッサージの手は骨盤から鼠径部《そけいぶ》へと移っていた。

「やだ。わたしったら、何を言ってるのかしら。変なことを言いだしたりしてごめんなさいね」

「いいえ、ちっとも――うう」

思わず達矢は呻き声を出しそうになる。鼠径部をまさぐる手つきが執拗に感じられた。それを言ったら、彼女は太腿に跨がりながら、わざと股間を押しつけているようにも思われる。

「由利江先生。あの、ちょっと――」

すでに彼は自分が赤面しているのがわかっていた。押しつけられた四十路《よそじ》の柔らかい土手が熱を帯びているようだ。

しかし、由利江は微妙《びみょう》な箇所へのマッサージをやめようとはしない。

「達矢くんが大人になっているのを見て、うれしかったの。ほかの人だったら、きっとこんな話はしていないと思うわ」

見下ろす熟女の瞳は熱っぽく潤《うる》んでいた。タオル越しではあるものの、いまや彼女の指先は肝心な部分に迫ろうとしていた。

こんな蛇の生殺しのような目に遭《あ》っては、達矢もたまらない。彼女はいったいどういうつもりなのだろう。

しかし、彼が真意を確かめようとする前に、由利江から切りだした。

「スペシャルコースもあるんだけど、いかがなさいますか？」

夜の旅館は静かだった。布団に横たわる達矢は混乱し、思考が停止している。中二の時、水泳部で万年補欠だった彼が試合に出られたことがあった。うれしくて由利江に報告すると、試合当日、彼女はわざわざ応援に駆けつけてくれたのだった。

その由利江が十年の時を経たいま、恐らくは性的サービスを申し出ているのだ。だが、すでに下半身は熱を帯びている。熟した未亡人の肉体は色香を放っていた。

「ス、スペシャルコースって……？」

達矢はなんとか声を出すと、由利江は言った。

「達矢くんが想像しているとおりのものよ。ただし――」

「え……」

「追加料金はいらない。達矢くんだけは特別だもの」

妖しい目をした由利江の手が、タオルの下をくぐり、逸物《いちもつ》を捕まえた。

達矢は思わずビクッとしてしまう。

「うっ……ゆ、由利江先生……」

「もう大きくなってきてる」

熟女は両手で肉棒を包むようにして、念入りに揉みほぐした。

「すごい。もうカチカチだわ。若いのね」

「ハアッ、ハアッ。あああ、マズいよ……」

全身が愉悦に痺れ、達矢は呼吸を荒らげる。股間のタオルがこんもりとテントを張っていた。

マッサージする由利江の顔もいつしか紅潮している。

「ねえ、こんなの邪魔だから脱いじゃいましょうか」

彼女は言うと、タオルを退け、浴衣の帯に手をかけた。

「あああ……」

達矢は羞恥にたまらず目を閉じる。するすると帯が解かれる音がした。

すると、由利江がいったん脚の上から退いたようだった。

「明るすぎるわね。少し暗くしていい？　わたしも恥ずかしいから」

「はい。ええ、どうぞ」

達矢は目を閉じたまま答える。彼にとっても、そのほうがありがたかった。畳の上を歩く音がし、まぶたに感じる光が和《やわ》らぐ。彼女が照明を暗くしたようだ。

「達矢くんにマッサージを頼まれたときは、どうしようかと思ったわ」

衣擦《きぬず》れの音がする。由利江が話しながら服を脱いでいるらしい。

しかし、次の瞬間には達矢の耳元近くで声がした。

「全部脱いじゃった。ね、目を開けて」

「は、はい……」

恐る恐る目を開けると、すぐそばに由利江の顔があった。照明は完全に落とされたわけではなく、部屋は常夜灯で薄暗く照らされていた。

「由利江先生、俺――」

「わたしのこと、嫌いになった？」

彼女からいつもの柔和な笑みは消え、妖艶《ようえん》な女の顔に変わっている。

達矢の心臓が鼓動を打つ。欲望と哀切が胸を締めつけるようだった。

「嫌いになるわけないじゃないですか。俺、由利江先生のことずっと――」

しかし、言いかけた言葉は唇で塞《ふさ》がれた。

「うれしい。達矢くんは本当に大人になったのね」

湿った唇が押しつけられ、まもなく舌が這いこんできた。

「ふぁう……由利江先生……」

達矢は侵入してきた舌を夢中で吸った。女の生暖かい吐息が顔にかかる。

由利江もまたキスに夢中になっているようだった。

「達矢くんにこんなこと……。わたし、悪い女ね」

だが、言葉とは裏腹に、由利江の手は彼の体をまさぐりはじめる。裸の胸板を撫で回したかと思うと、指先で乳首を弄ぶように転がした。

「はうっ、そこは……」

「意外と感じやすいのね。可愛いわ」

彼女はむくりと体を起こし、彼の乳首に吸いついてきた。

くすぐったさに達矢は呻く。

「うはあっ、由利江先生っ」

「んふ。達矢くん、気持ちよさそうな顔してる」

由利江が上目遣いに挑発してくる。覆い被さる双丘が腹に押しつけられていた。

達矢の息が上がっていく。

「ハァ、ハァ」

「ステキよ、達矢くん」

彼女は言いながら、徐々に頭の位置を下げていった。両手で体を撫で回しつつ、ヘソ周りを舐め、さらに進み続けていく。

気づいたときには、肉棒の前に顔があった。

「立派なオチ×チン。とっても美味しそう」

露骨な淫語に達矢は頭をガンと殴られたようだった。熱心な教育者だった彼女は、どこへ行ってしまったのだろう。一瞬過去への郷愁に胸を締めつけられるが、現実の欲望には勝てなかった。

「ねえ、達矢くん。見て」

由利江は言うと、舌を伸ばし、勃起した裏筋をベロリと舐めあげた。

その淫靡《いんび》な光景と、竿に走る快楽に達矢は喘ぐ。

「はううっ、由利江先生がそんなところを――」

「男臭くて、とってもいい匂い。わたしも濡れてきちゃった」

由利江も息を浅くしながら、今度は亀頭の先をチロチロと舐めてくる。鈴割れに浮かんだ先走り汁をすくい取るかと思えば、口をすぼめて先っぽにキスをするようにして吸いついてきた。

「ふうっ、ふうっ」

次々と繰り広げられる淫靡な舌技に、達矢は目が眩むようだった。いったい彼女はいつからこんなふうになったのだろう。あるいは彼が知らなかっただけで、元からそうだったのかもしれない。それを言ったら、由利江がT町にやってきたときから未亡人だったことも、彼は今まで知らなかったのだ。

そうするうちにも、由利江の口舌奉仕はさらに熱を帯びていく。

「達矢くんの大きいの、お口に入るかしら」

煽《あお》るようなことを口走りつつ、彼女は太竿を上から呑みこんでいった。

肉棒が温かな粘膜に包まれる。

「おおおっ、マズいよ。由利江先生……」

「んふうっ。美味し」

喉奥深く咥えた由利江は、まもなくストロークを繰り出してきた。

「んっ、んふうっ」

「うぐっ……ぬあぁぁぁ」

唾液を溜めたフェラチオは、吸いこみが激しかった。股間で彼女が頭を上下させるたび、くちゅくちゅと湿った音がする。

由利江は肉棒をしゃぶりながらも、両手で愛撫することも忘れなかった。

「んぐちゅ、んんっ」

親指で鼠径部をなぞり、太腿をフェザータッチで撫でる。やがて片手が潜りこみ、精子袋を転がしはじめた。

「うはあっ、由利江先生それ――」

止《や》むことなく襲いかかる快感に、達矢はたまらず仰け反りそうになる。口と手による巧みな技に魂が震えるようだ。まさにスペシャルサービスだった。彼女はいつこんなテクニックを覚えたのか。

「んっふ、んんっ、んんっ、んふうっ」

由利江は鼻息も荒く、ストロークを激しくしていった。口中で肉棒はますます膨張し、反り返っていく。

達矢の体を熱い塊が押し上げてくる。今にも果ててしまいそうだ。

「由利江先生っ、俺……このままだと出ちゃいそうです」

「出しちゃってもいいのよ」

「あああ、でも……」

しかし、彼はここで果てたくなかった。これまでは責められる一方で、彼女の肉体をまだろくに見てすらいないのだ。

「由利江先生、お願いだから――」

声に滲《にじ》む懇願に、ようやく由利江も気づいたようだった。

「ぷはっ――わかったわ。ここまでにしておきましょう」

彼女は顔を上げると、微笑んだ。達矢の記憶に刻まれた、優しい講師の微笑みだった。だが、その顔は同時に淫らな輝きも帯びていた。

「どう？　オチ×チン気持ちよかった？」

由利江は訊ねながら、上に覆い被さってくる。

「はい。あと十秒やられたら、イッちゃいそうでした」

「素直な子ね。昔のまんま」

「由利江先生——」

達矢の見上げる先に、熟女の豊満な体があった。由利江は膝をついて彼の腰に跨がっていた。四十路らしく腰回りに脂が乗り、胸にはたわわな乳房が実っている。Ｆカップはあるだろうか。恥毛は狭い範囲に密集して生えていた。わずかにスリットの陰が見えており、約束された愉悦を誘っていた。

このまま騎乗位で挿入するのだろうか。達矢は胸を高鳴らせ、待ち構えるが、思わぬ展開が待ち受けていた。

「達矢くん、こういうの知ってる？」

膝立ちの由利江は言うと、逆手で硬直をつかむ。そのまま蜜壺へ導くのかと思いきや、彼女はペニスを臍《へそ》のほうに押しつけてきた。

いったい、何をするのだろう。

達矢がとまどっているうちに、彼女は肉棒の上に乗っかってきた。熟女の重みに押しつけられたペニスが喘ぐ。

「うぐっ……」

たまらず呻き声をあげるが、構わず由利江は腰を前後に揺らしてきた。

「あんっ、んっ」

「おうっ」

すると、達矢にも愉悦が走る。太竿の裏筋をぬめった媚肉が擦りつけてきた。

見下ろす由利江は妖艶な笑みを浮かべていた。

「ほらあっ、どう……？　これが素股よ。したことある？」

「い、いえ……初めてで。ううっ」

「本当？　こういうのも気持ちよくない？」

「きっ、気持ちいい……です」

苦しみと悦びがない交ぜになり、震えるような快感が達矢を襲う。素股プレイの存在は知っていたが、体験するのは初めてだった。体重で押しつけられた肉ビラが太竿を舐めているようだ。

しだいに由利江も喘ぎはじめる。

「あっふ。あんっ、イイッ」

とめどなく溢れるぬめりが、性器同士をさらに密着させていく。蕩けた目つきの由利江は声を漏らし、上体が徐々に前屈みに倒れてくる。

「ああん、達矢くぅん」

彼女はなまめかしい声で呼びかけ、舌を絡ませてきた。

差し出された舌を達矢も夢中で吸った。

「ふぁう……レロ……」

由利江が仲居になっている時点で驚きだったのに、この有様はどうだ。最初の口ぶりから、これが彼女の裏稼業であることは明らかだった。人生でも数少ない恩師の零落を目の当《まあ》たりにさせられ、胸の奥が苦しい。

だが、同時に由利江は女として魅力的だった。中学生と言えば、血気盛んな時期である。かつての彼も、美しい講師とのこんな場面を夢想したことがなかったわけではない。

かたや由利江の息遣いも荒くなっている。

「あふうっ、達矢くんのオチ×チンに擦れるの」

「由利江先生も、気持ちいいんですか」

「そうよ。こうするとクリが擦れて……ああん」

いまや夢中になって媚肉で硬直をねぶっているのだった。

達矢は首をもたげて股間を見る。すると彼女が腰を引くたびに、牝汁に濡れた肉傘が顔を見せた。鬱血し、息苦しそうだった。

「ハァ、ハァ、由利江先生。このままじゃ、俺――」

陰嚢が持ち上がり、媚肉を叩いている。押し寄せる快感に彼は身悶えせんばかりだった。わななく手が、熟女の太腿に伸びる。

すると、由利江も彼の苦境に気づいたらしい。

「そうね。わたしも……あぁっ、もう我慢できないみたい」

そう言うと、おもむろに腰を上げたのだ。

「あぁあ……」

解放された肉棒はビクンと跳ねて、元の角度に戻った。竿肌はぬめりにまみれ、常夜灯の赤い光に照り映えている。

「こんなに硬いの、久しぶり」

由利江はしみじみ言いながら、改めて太竿を握る。他言を憚《はばか》る裏稼業に就《つ》きながらも、その言葉には真実味がこもっていた。

「由利江先生──」

妖艶な熟女の裸体を眺めながら、達矢の胸に万感の思いがこみ上げる。不慮の事故で夫を亡くしてから幾星霜《いくせいそう》。塾講師を始め、すっかり立ち直ったという彼女だが、やはり心のどこかではうら寂しさを抱えていたのだろう。

「達矢くんのオチ×チンを、わたしの中に挿《い》れちゃうね」

由利江が熱っぽい目で、吐息混じりに語りかけてくる。

期待でペニスが武者震いした。

「俺も、由利江先生のなかに入りたい」

先立つものは欲望だった。だが、同時に彼は目の前にいる寂しい女の心を慰めたいと切に願った。

「あ……」

そんな教え子の思いを知ってか知らずか、由利江はゆっくりと腰を落としていく。

「うっ……」

粘膜が触れ合い、やがて花弁が肉傘を包みこむ。

「あふうっ、入った」

由利江が吐息を漏らしたときには、肉棒は根元まで入っていた。

包まれた悦びが達矢の全身を満たしていく。

「由利江先生の中、あったかい」

「達矢くんのも、熱くなっているわ」

上と下で女と男は見つめ合う。十年の時を超え、教える者と教わる者は一つにつながっていた。

やがて上になった由利江が腰を前後に動かしはじめる。

「あんっ、んっ」

最初は具合を試してみるような、ゆっくりとした腰使いだった。彼女は上体を起こし、素股のときと同じようなグラインドをしてみせた。

「ふうっ、ううう」

しかし、達矢の感じ方はまるで違う。無理矢理押しつけられる苦しさはなく、ほどよい圧力が太竿全体をねぶってくるのだ。

由利江は両手を彼の腹に置いて愉悦を貪った。

「ああん、イイッ。奥で感じるの」

「ハアッ、ハアッ。由利江先生っ」

「はうっ。オチ×チンが、なかで動いた」

息遣いが激しくなるとともに、由利江の腰つきも大きくなっていく。

「んああっ、ああっ。すごく、いいわ」

「うはあっ、由利江先生。し、締まる……」

蜜壺がうねり、肉棒を翻弄《ほんろう》した。自ずと腰が持ち上がる。

徐々にグラインドは縦の動きに変化していった。

「ああん、すごい。感じちゃう」

彼女が上下するたび、結合部はぬちゃくちゃといやらしい音をたてた。

「うああぁ、由利江先生っ――」

達矢はたまらず両手を伸ばし、揺れる乳房をつかんだ。

とたんに由利江はビクンと震える。

「はひぃっ、達矢くんっ……」

乳房は手に余るほどだが、よく熟していて柔らかい。達矢は首をもたげた苦しい姿勢で、それでも夢中になってたわわな実りを堪能《たんのう》した。

「由利江先生のおっぱい。ああ、昔からこうしてみたかった」

「あふうっ。達矢くんったら、そんなことを考えていたの？」

「だって、由利江先生はすごく優しくて、綺麗だったから」

「うれしいわ。今もそう思ってくれる？」

「もちろん。たまんないよ、俺——」

欲望は頂点に達し、達矢は体を起こして右乳に吸いついた。

「ちゅばっ。ううっ、いい匂いがする」

「ああん、そんなにきつく吸ったら——」

由利江は喘ぎながら、彼の頭を両手で抱えこむ。

「ちゅぱっ、んばっ」

わざと達矢は音をたてて吸った。口の中で乳首が硬くしこっているのがわかる。彼はそれを舌で転がし、同時に女の体臭を貪った。

すると、由利江が喘ぐ最中に口走る。

「噛んで。お願い」

懇願するような声で言われ、達矢は一瞬たじろぐ。噛む？　敏感であるはずの乳首に歯を立てろと言うのか？　経験の浅い彼はとまどってしまう。

「ねえ、早くぅ」

だが、重ねて求められたため、彼は恐る恐る前歯で突起を挟んだ。

とたんに由利江は高い声を出した。

「ああん、もっときつく噛んでちょうだい」

しかし、まだ物足りないというのだ。これも男遍歴を重ねた熟女ならではの感覚だろうか。そこで今度はもっと力を入れて噛んでみた。

「はひぃぃぃっ、イイイイッ」

すると、由利江は身を打ち震わせて悦びの声をあげた。隣室に聞こえてしまわないかと、思わずヒヤリとするほどの声だった。

だが、達矢はしだいに背中を丸めた姿勢が苦しくなり、ついに乳房から離れ、再び仰向けになった。

「ぷはあっ。ハアッ、ハアッ」

見上げると、由利江が蕩けた目つきで見下ろしていた。

「こんなに燃えるの、相手が達矢くんだからよ」

「由利江先生……」

昂揚しているせいで彼女は心にもないことを言ったのだろうか。いや違う——達矢は即座に否定した。彼の知る塾講師は、教え子に嘘を言う人ではなかった。

しかし真意を確かめる暇もなく、彼女は腰を振りはじめた。

「あっふ。ああん」

グラインドは大きく、欲汁がかき混ぜられる音も、ぬっちゃくっちゃと湿りを増していた。

「ハアッ、ハアッ。あああ……」

勃起したままの肉棒が、割れ目の中で先走りを吐く。今にも漏らしてしまいそうな愉悦が全身をカアッと熱くさせる。

由利江もいまや夢中で腰を振っていた。

「あっふ、んあああっ、イイッ」

「うはっ、すごい……。ううう、もうヤバイかも」

激しい腰使いに彼はたまらず呻く。ペニスはいまや媚肉と一体になり、渾然《こんぜん》となって溶け入ってしまいそうだ。

かたや由利江も限界間近なようだった。

「はひぃっ、ダメ……。わたし、イッちゃう」

本能の求めるままに腰を振りながら、彼女の体が徐々に前屈みになってくる。

「んああっ、どうしよう。イキそうなの」

「俺も……。ううう、もう我慢できません」

肉棒は張り詰め、粘膜にねぶられて発射寸前だ。

ついに由利江が覆い被さってきた。彼の耳元で吐息混じりに囁く。

「中に出していいよ」

甘い約束が男心をわしづかみにする。

「由利江先生っ」

たまらず達矢は下から腰を突き上げた。

その反動に由利江は首をもたげる。

「はううっ、達矢くん。激しい……」

「ハアッ、ハアッ、ハアッ、ハアッ」

「んっ、んんっ、イイッ、あふうっ」

同時に由利江も腰を振り、悦楽は倍増した。

「んああっ、イクッ、イッちゃううっ」

刻むテンポが速さを増す。息《いき》んだ女の喘ぎ声が達矢の耳を打った。

「うああっ、もう——出るっ！」

「はひぃっ、イクッ。イイイーッ！」

精液が放たれるのとほぼ同じタイミングで由利江は絶頂した。蜜壺がキュッと収縮し、太竿の最後の一滴までを搾《しぼ》り取る。

「うはあっ」

「イイッ……」

最後に喘ぐと、グラインドは徐々に収まっていった。

凄まじい快楽に二人はしばらく動けなかった。由利江は荒い息を吐きながら、時折思い出したようにビクッと体を震わせる。

「あああ、とってもよかったわ……こんなの初めて」

ようやく顔を上げた彼女は、満足そうな笑みを浮かべていた。

「俺も。今日のことは忘れません」

達矢が感動を伝えると、熟女はニッコリして唇に軽くキスをした。

「ダメよ。忘れて。あなたはこれからの人だわ」

「由利江先生──」

彼女の答えに、達矢は少し寂しさを覚える。だが、思いに耽る間もなく、由利江が彼の上から退いた。

「あっ……」

「ううっ……」

結合が解けたとき、二人は口々に呻いた。絶頂で敏感になっていたのだ。

けで身支度を調えた。

「じゃあ、わたしはこれで失礼するわ」

布団から起き上がった由利江は、まだ白濁滴る秘部をかるくティッシュで拭《ふ》いただけで身支度を調えた。

達矢はパンティに隠れてしまう媚肉を惜しみつつ、自分も下着を穿く。

「ゆっくりしていってね。おやすみなさい」

そして由利江は部屋から出て行った。

一人になった達矢は、しばらくボンヤリと天井を眺めていた。去り際に彼女はスペシャルサービスの件は、誰にも言わないでくれと言った。彼はただ頷いた。子供の頃はまるで気づかなかったが、この町には彼の知らない一面があるのだ。


翌日は何事もなく過ぎていった。達矢は美咲に連絡を取ったが、ホテルの仕事が忙しく時間がとれないらしい。しかし、「明日なら」ということで、彼女の昼休みに会う約束を取りつけることができた。

日中は町をブラブラして過ごし、すぐに夕方になる。もうすぐ夕食だ。旅館に戻った達矢は、どことなく身構えるような気持ちだった。昨夜あんなことがあった後で、由利江とどんな顔をして会えばいいのだろう。

ところが、配膳に現れたのは由利江ではなかった。

「お夕食をお持ちしました――」

部屋の外から呼びかけられたとき、どこかで聞いた声だと思ったのだ。招じ入れると、明らかに仲居のお仕着せとは違う、艶《つや》やかな和装《わそう》の女が入ってきた。

「ようこそ菊水館へ。沢渡くん」

「中岡《なかおか》先生――！」

やってきたのは、中学の担任だった中岡美都子《みつこ》であった。キビキビした声に聞き覚えがあるのも当然だった。

美都子は食膳を運びながら話した。

「沢渡くんが泊まっているのはわかっていたのよ。すぐにでも会いたかったんだけど、ほかの仕事で忙しくて。ようやく時間が取れたから、急遽部屋付きを変わってもらったの」

「ご無沙汰しています」

元担任教師の出現に達矢がさほど驚かなかったのは、彼女はもともと菊水館の一人娘だからであった。

「学校を辞めて、ここを継《つ》ぐんですか？」

「教員はもう辞めてるわ。もう七年になるかしら。今じゃすっかり旅館の若女将」

美都子は手際よく料理を並べながら言った。中学校教師だった頃の彼女は、スーツの似合う町でも評判の美女だった。今はもう四十近いだろうか。由利江より二つ三つ年下だったはずだから、三十七、八のはずだ。だが、スラリとしたスタイルは今も変わらず、和服も見事に着こなしている。

この日は珍しく、彼は夕食時にビールを頼んでいた。

「お注《つ》ぎしましょうか」

端座した美都子に瓶を差し出され、達矢は恐縮してしまう。

「中岡先生にお酌してもらうなんて、なんだか照れ臭いな」

「嫌ねえ。もう、その『先生』はやめてくれない？　ほら、コップ」

「はい。じゃあ、お願いします」

達矢は酌《しゃく》を受けながら、感慨深かった。美都子は中学の三年間、クラス担任だっただけでなく、彼にとっては水泳部入りを勧めてくれた恩人でもあった。

懐かしい思いは美都子も同じようだった。

「けれど、沢渡くんもすっかり大人になって。お仕事は？」

「ええ。スポーツウェアのメーカーで営業をしています」

「そう。ステキなお仕事なんでしょうね」

「そんなことは……。その節は、大変お世話になりました」

仕事の話はあまりしたくなかったが、美都子に聞かれる分には、あまり嫌な気持ちはしなかった。

(こうして隣に座ってると、中岡先生とは別の人みたいだ――)

かつて学校で接していた頃のシンプルなスーツとは違う、雅やかな和装。日本旅館の独特なフォーマルさの中に、生々しい女を感じてしまう装いだ。純和風の瓜実顔《うりざねがお》はいまも充分美しく、若女将の生活が忙しくも充実していることが窺われる。

そうして会話とビールは進み、達矢はいい心地になっていた。

ところが、ふと美都子が声を潜めて言いだしたのだ。

「うちの従業員のサービスはどう？　おかしなところは感じない？」

若女将としては普通の質問にも思えるが、彼女の言いぶりには、どこか含むところがあるようにも感じられる。

彼は慎重に答えた。

「あ、いえ。特には……。よくしてもらっていますけど」

達矢の脳裏には、昨夜の由利江のことがあった。口外するなと言われ、スペシャルサービスのことは誰にも言っていないはずだが、彼女は何かを知っているというのだろうか。

すると、美都子は彼の返答を咀嚼《そしやく》するような間を置いてから、再び口を開く。

「こっちに来てから父には会った？」

「いいえ」

美都子の父親、すなわち女将の亭主は、菊水館の取締役ではあるが、昔から表に出てくることはない人だった。実質的な切り盛りは、全て女将が取り仕切っていた。若い頃から遊び人で、何かと噂の絶えない人物でもある。

彼女はまだ何か言いたそうにしていたが、結局その会話を潮《しお》に立ち上がる。

「ごめんなさいね、妙なことを訊いたりして。あたし、そろそろ戻らなければならないから、これで失礼するわ」

「あ、はい。失礼します」

そして美都子は出ていった。しばらくの間、達矢は胸の動悸《どうき》が収まらなかった。由利江のことは何とか知られずに済んだらしい。しかし、彼女は何故いきなり父親のことを持ち出したのか？　疑問は胸に渦巻いたままだった。

食後、しばらく経ってから達矢は風呂に入ろうと思い立ち、部屋を出て大浴場へ向かったが、あいにくその時間は団体客が貸し切っていた。

仕方なく彼は客間に戻り、内風呂で我慢することにした。とはいえ、菊水館の内風呂は総檜造り《そうひのきづく》で、一人で入るには広すぎるほどの立派なものである。

達矢は洗い場でシャンプーしながら、故郷の町で再会した女たちのことを思い浮かべていた。兄の元カノだった瑶子を始め、次いで美咲と偶然出会い、菊水館では由利江や美都子と十年ぶりに顔を合わせた。彼女たちはそれぞれに紆余曲折を経ていることも知った。

彼はそのうち瑶子と由利江の二人と、すでに肉を交えている。

「まさかこんなことになるとはなぁ……」

東京にいるときには、考えられないことだった。何か偶然の力が働いているとしか思えない。

すると、そのときだった。浴室の戸が開いたのだ。

「お背中を流しに参りました」

「え……？」

三助を頼んだ覚えはない。達矢は急いでシャンプーを流すと、風呂場に現れた人物を見た。なんと、そこにいるのは美都子であった。

「いや、ど、ど、どうして――」

混乱する達矢だが、自分が全裸であることに気づき、慌ててタオルで前を隠す。

美都子は和服姿ではなく、タンクトップにショートパンツという恰好をしていた。髪も和装に合うアップスタイルから、後ろでまとめたポニーテールに変わっている。

「お布団を敷きに来たら、ちょうどお風呂に入っているみたいだったから。大浴場も貸し切りで使えなかったでしょう」

美都子はさりげなく言いながら、彼の背後にしゃがむ。

だが、これが偶然であるはずがない。彼女の服装と髪型を見れば一目瞭然だ。いったいどういうつもりだろう。

胸騒ぎを覚える達矢の背後から声がした。

「ほら、タオルを貸して。背中を流すから」

「いや、しかし……。はい」

元担任教師の命令に抗《あらが》えず、彼は股間のタオルを後ろ手に渡した。背中を向けていれば、少なくとも局部は見えないはずである。

「ありがとう」

しかし、美都子の声も少し変だった。いつものような溌剌《はつらつ》さは感じられず、どことなく艶《つや》めいているように思われた。

やがて彼女は背中をタオルで擦りながら話しはじめる。

「いきなり来たから、驚かせちゃったかな」

「そ、そりゃあもう——」

「ごめんなさいね。でも、いつもこんなことをしているわけじゃないのよ」

それはそうだろう。達矢は思った。彼の知る「中岡先生」は独立心が強く、教師になったときも、跡継ぎを望む両親の反対を押し切って進路を決めたと聞いている。

だが、今の彼女は教員ではなく、旅館の若女将なのだった。

「力加減はいかが？　痛くない？」

「ええ、ちょうどいいです」

彼女が入ってきたとき、一瞬だけ垣間見たタンクトップ姿が忘れられない。肩も腕も脚も剝き出しで、ほぼ半裸と言っていい恰好だった。温泉の効能だろうか、四十路間近になっても艶やかな肌は眩《まぶ》しいほどであった。

やがて美都子は言った。

「背中はもういいわ。今度はこっちを向いて」

なんと前を向けというのだ。達矢は遠慮しようとしたが、結局押し切られてしまった。恩師の言葉には逆らえない。

しかし、元担任に逸物を見られるのはさすがに恥ずかしい。彼は両手で股間を隠しながら向きを変える。

すると、目の前に美都子の顔があった。

「なんだか照れ臭いわね」

自分で命令しておきながら、彼女はそんなことを言った。夕食時の去り際といい、若女将の様子はどこかおかしかった。

美都子はボディソープを泡立て、肩の辺りから擦りはじめた。

「あたしね、もう今年三十八になるの」

唐突な切り出しに達矢はとまどう。彼女は続けた。

「三十過ぎまでわがままを聞いてもらって、教師を続けたけど、母も寄る年波でしょう？　そろそろ潮時だと思って、家業を継ぐことにしたの」

「そうだったんですか」

「でもね、最初は大変だったわ。生まれ育った旅館だから、あたしもわかったつもりでいたけれど、実際やってみるとまるで勝手が違うんだもの」

達矢は黙って聞きながら、担任だった頃の美都子の姿を重ねていた。

「腕を伸ばして」

「あ……はい」

ふいに言われ、彼は慌てて片方の腕を上げる。

美都子は差し出された腕を取り、優しく洗いながら述懐を続けた。

「最初は母にも――女将にも散々怒られたわ。そうして仕事を覚えようと懸命になっているうちに、気づけばもうこんな年になってしまっていた……」

若女将修行にかまけて恋愛する時間もなかったというわけだ。達矢は気の毒に思い、何か言うべきだと思った。

「中岡先生なら、いくらでも言い寄ってくる男はいると思うけどな」

すると、美都子はわずかに微笑んでみせる。

「ありがとう。沢渡くんは優しいのね」

「あ、いえ……。そんなんじゃ……」

達矢の胸がトクンと鳴る。前屈みになったタンクトップの襟元《えりもと》が緩《ゆる》み、白い谷間が覗《のぞ》いていた。スレンダーで胸の膨らみもさほど大きくないせいで、トップまで見えそうだ。彼女はノーブラであった。

「沢渡くん？」

呼びかけられて彼はハッとする。

「はい……？」

「ねえ、さっきからどこ見てるの？」

咎《とが》めるような口調ではなかった。達矢の鼓動は半鐘を打ち鳴らしていた。美都子の手からタオルが離れ、直接彼の膝から太腿を撫でてきた。

「学校でも先生のこと、そうして見てたよね」

ためらいがちな手が、内腿を這ってくる。そうして彼女が前屈みになればなるほど、襟元は無防備になっていった。柔らかそうな美乳の先端が達矢の目に映る。

「うう……中岡先生――」

「手をどけて」

美都子は言うと、頑なに股間を守る彼の手を潜《くぐ》り、逸物をつかんできた。

「うっ……」

衝撃と心地よさに襲われ、達矢も諦めてガードを緩めた。

すると、美都子は膝をついた姿勢でにじり寄り、一気に距離を詰めてきた。

「教え子にこんなことをして……。元とは言え、いけない教師ね」

肉棒に細い指が巻きつき、ゆっくりと扱いていた。そば寄せられた唇から女の熱い吐息が顔にかかる。

「ふうっ、ふうっ」

「もう硬くなってきた」

「ああ、マズいよ。そんなこと……」

「お願い。沢渡くんも、あたしのを触ってくれない？」

彼女は言うと、空いた手で自らショートパンツの裾をずらした。

視線の先に熟女の割れ目があった。達矢は息を荒らげる。

「中岡先生の、オマ×コ──」

無意識のうちに手が伸びて、媚肉に触れていた。

とたんに美都子が吐息を漏らす。

「あんっ、そうよ」

「濡れてる……」

くすんだ色の花弁が開き、盛んにぬめりを吐いていた。

美都子の扱く手にも力がこもる。

「あふうっ、沢渡くん。上手よ」

「うっ……く。先生っ」

劣情は一気に燃え盛り、どちらからともなく唇が寄せられた。

「中岡先生っ……」

「沢渡くん……」

唇が重なり合い、すぐに舌が伸びてくる。互いに秘部をまさぐりながら、男女は夢中で唾液を貪り合った。

「むふうっ。ちゅばっ、んばっ」

「レロッ……ふぁう。んんっ」

達矢は何も考えられず、ひたすら元担任の舌を吸い、割れ目を弄《いじ》った。由利江と美都子、今は同じ旅館に従事する二人の女の対比が浮かぶ。かたや若くして夫を失った未亡人、もう一方は家業を継ぐため婚期を逃した独身と立場は違うが、どちらも心に寂しさを抱え、男に飢えているのは同じであった。

「中岡先生の体が見たい」

「いいわ」

いったんキスを解くと、美都子はタンクトップを脱ぎはじめる。やはりノーブラだったようだ。ぷるんと形の良い双丘が露わになる。

「ちょっと待ってね」

　そう言って立ち上がると、さらに彼女は下も脱いだ。

　座っている達矢の目の前に、スラリと伸びた美都子の脚があった。決して太くはないが、年齢なりにムッチリとして柔らかそうだ。さらにその付け根には、うっすらと細い恥毛が茂っていた。

　たまらず彼は膝を乗り出し、恥毛に顔を埋める。

「中岡先生っ、俺……」

「んふうっ、達矢くんったら、いきなり――」

　達矢が尻を抱え、割れ目に舌を這わせると、美都子は甘い声をあげた。いつしか彼のことを下の名前で呼んでいる。

「ハアッ、ハアッ。美味しい」

　しかし、クンニに夢中な達矢は気がつかない。顎を上げ、しゃくるようにして女陰を舐めながら、溢れるジュースで渇いた喉を潤《うるお》していた。

　頭上で美都子の喘ぎが聞こえる。

「あっ、はううっ。ダメ……あああ」

「先生っ。中岡先生っ」

彼は初めて美都子を女と意識したときのことを思い出していた。あれは三年生の夏、進路指導のために教室で二人きりになったときだった。暑い季節のため、彼女はブラウス一枚だった。熱心な女教師は真剣に生徒の進路を考えてくれていた。しかし汗ばんでいたせいか、ブラウスの薄い生地からブラジャーの形がクッキリと浮かんでいたのだ。血気盛んな中学生には目の毒だった。

「中岡先生のオマ×コ……あああ、いやらしい匂いがする」

舌先で探ると、肉芽が肥大しているのがわかった。達矢はそこを舌で転がし、さらにきつく吸った。

「あっひ……ダメえええっ、感じちゃううううっ」

とたんに美都子はいななき、堪えきれずに脚を閉じようとする。

「んばっ、ちゅばっ。びちゅるるるっ」

喘ぎを耳にすると、余計に達矢は欲情した。

しかし、やがて美都子は彼の頭を股間から引き剝がそうとした。

「ね、待って。お願い……。あたしも、あなたのが舐めたいの」

これを言われて、達矢も素直に引き下がる。逸物はビンビンだった。

いったん離れると、彼女はウレタンマットを敷いて寝床を作った。

「これで痛くないでしょ。さ、横になって」

「はい」

達矢は素直に仰向けになる。いまや勃起物を隠そうともしない。

美都子の視線は硬直に注がれている。

「うん。じゃあ、あたしが上になるね」

彼女は言うと、反対向きで跨がってきた。肩の上に両膝をつき、頭は股間のほうにあった。

「すごい。こんなに反り返って」

感心したような美都子の声が股間から聞こえる。

一方、達矢の顔の上にはピンク色の媚肉があった。改めて見ると、花弁は捩《よじ》れて左右の大きさに違いがある。包皮がめくれた肉芽は小指の先ほどもあった。

「あああ、中岡先生——」

彼が首をもたげ、舐めようとしたときだった。それより一瞬早く、美都子が亀頭をパクリと咥えた。

「んふうっ」

「おうっふ……」

肉傘を口の中で転がされ、達矢は思わず呻き声をあげる。くちゅくちゅと唾液を溜めて吸い転がす音がした。

「ん……おつゆがいっぱい出てる」

先走りを吸っているのだ。愉悦が達矢の背筋をゾクゾクさせる。たまらず彼は割れ目に鼻面《はなづら》を突っこんだ。

「先生っ――」

「んんっ、達矢くん激しい……」

美都子は喘ぐと同時に根元まで咥えこむ。

達矢も夢中で割れ目を舐めた。

「ちゅぱっ、んぱっ。ハアッ、ハアッ」

美都子の吸いこみは激しく、彼は懸命に舌を這わせながらも息を切らした。

「んふうっ、じゅるっ、じゅるるるっ」

温泉の蒸気が全身にまといつき、二人とも肌に汗を浮かべている。ひと回りも年齢の違う男と女は劣情に突き動かされ、立場の違いも忘れて性器を貪り合った。

「ああん、もうダメ……」

やがて美都子が愉悦に堪えきれず、四つん這いでいられなくなったようだった。膝から力が抜けて、横ざまに倒れこむように転がった。

「ぷはあっ、中岡先生――」

達矢も媚肉を追いかけるように横向きになる。

気づくと、二人は側位で相手の頭を跨ぐような体勢になっていた。

「中岡先生のオマ×コ、美味しい」

達矢が舐めながら口走ると、美都子も淫語で答える。

「達矢くんのオチ×ポも、美味しいわ」

めくるめく官能が互いの愛撫をさらに煽りたてる。羞恥も愉悦のスパイスとなっていた。女教師は若女将となり、教え子の前に牝の本性を現していた。

「ハアッ、ハアッ。レロッ……」

達矢は牝臭に包まれながら、舌を尖らせて花弁に突き入れる。

「んあああっ、イイッ……」

とたんに美都子は声をあげ、肉棒をしゃぶっていられなくなった。

しかし、それが次なる彼女の行為を促すことになった。

「硬いオチ×チン。あたし、どうにかなってしまいそう――」

吐息混じりに言うと、美都子の舌が彼のアヌスに伸びてきた。

感じたことのないくすぐったさに、たまらず達矢は身を捩る。

「ひゃうっ……せ、先生……？」

だが、それだけではなかった。美都子は肛門を舐めながら、肉棒を手で扱いてきたのである。

「ん……達矢くん、気持ちいい？」

「きっ、気持ちいい……です。あああ、だけどそんな汚いところ」

快楽と羞恥が達矢を狂おしくさせる。全身から力が抜けていくようだ。

しかし、美都子は構わず手と舌で愛撫を続けた。

「汚くないわ。ねえ、達矢くんもあたしのを舐めてくれる？」

彼は言われて初めて女のアヌスに目をやった。染みひとつない綺麗な尻に放射皺がヒクついている。自分のを舐められるのは恥ずかしいが、美都子のアヌスを汚いとは全く思わなかった。

「中岡先生っ」

達矢は唇で尻の中心に吸いつき、舌で暗い穴を舐めた。

反対側で美都子が嬌声をあげる。

「あはあっ、達矢くぅん」

「ハアッ、ハアッ、レロ……」

こんなところを中学生の自分が見たら、どう思うだろう。不潔な大人と思うだろうか？　いや——達矢は即座に否定する。美都子のような美女の恥部なら、かつての自分も喜んで舐めただろう。

しかし、彼が受ける快感も凄まじかった。

「うはあっ、先生っ……ヤバいよ、俺——」

「あたしも……ああん、ダメ。これ——達矢くんのこれが欲しい」

美都子も息を切らし、挿入をねだる。

そろそろ潮時だった。二人は思いを同じくして、いったん離れる。美都子はそのままマットに横たわり、達矢はムクリと起き上がった。

「達矢くん、きて」

元教師は裸体を晒し、仰向けで無防備に教え子を誘う。

達矢は彼女に覆い被さった。

「中岡先生、俺——」

「先生はやめて。今だけはお願い、美都子って呼んで」

潤んだ瞳が訴えかけてくる。そのとき、達矢はひと回りも年上の女を可愛いと思った。股間の怒張は温もりを求めている。

達矢はゴクリと生唾《なまつば》を飲み、彼女の太腿を割って入る。とはいえ、やはり恩師を下の名前で呼ぶのはためらわれた。

代わりに彼は硬直を花弁に突き刺した。

「みっ、美都子……さんっ」

ぬぷりと音をたて、肉棒は蜜壺を貫いた。美都子の顔が悦びで輝く。

「あふうっ、達矢くぅん……」

甘く蕩けるような喘ぎ声に達矢は奮いたち、猛然と抽送を繰りだした。

「ハアッ、ハアッ、あああ……」

ついに繋がってしまったのだ。由利江と交わったときよりも、彼は一層背徳感を覚える。かたや私塾の講師だが、美都子は中学校の教師であった。公的に認められた身分であるほど、背徳感も高まるというものである。

だが、その美都子も、今はウットリと肉棒の感触を堪能している。

「あんっ、ああっ、イイッ。いいわ」

男に組み伏せられ、貫かれる女の悦びに浸っているようだ。

「ハアッ、ハアッ」

「あふうっ、んっ、んんっ」

旅館の内風呂に男女の喘ぎがこだまする。そこに湿った、かき混ぜるような音が重なって、不規則なリズムを作っていた。

達矢は両手をついて前屈みの姿勢で腰を振る。

「ハアッ、ハアッ、ハアッ、ハアッ」

「んああっ、んっ、ああっ、んふうっ」

かたや美都子は突き上げられるたび、体を震わせて声をあげる。同時に美乳がぷるるんぷるるんと小刻みに揺れるのだった。

「あああっ、ステキよ達矢くん。奥に……あんっ、響くの」

熟女の励ましに、達矢は一層奮《ふる》いたつ。

「うああっ、美都子さんっ」

蜜壷が太竿に絡みつくようだ。俗に言う、ミミズ千匹というやつだろうか。彼女の膣壁には無数の凹凸があり、擦れるたびに身震いするような愉悦が走った。

その快楽は、美都子にも返っているようだ。

「はひっ……達矢くんのがなかで——カリが引っ掻くのぉ」

鼻声で愉悦を訴える姿が妖艶だった。スレンダーな体を波打たせ、両腕は拠《よ》り所を求めるようにわなないている。

やがてその手が達矢に差し伸べられてきた。

「達矢くん。ね、きてぇ」

彼女は蕩けた目で見つめ、濡れた唇から舌を突き出している。

元聖職者の発情を露《あら》わにした表情に達矢は興奮する。

「美都子さんっ――」

彼はがばと身を伏せて、美都子と舌を絡ませた。

「うふうっ。達矢くん、達矢くぅん」

口中で舌が踊り、唾液が盛んに交換される。なんていやらしい女《ひと》だろう。かつていち生徒に過ぎなかった彼の知らない女の裏面が窺われるようだった。子供だった彼は山や川で遊び、この町のことは全て知った気になっていたが、その実何もわかってはいなかったのだ。

「レロッ、ちゅぱっ。もっとキスして」

「ああっ、美都子さん、好きだっ、美都子さぁん」

その間も腰は動いている。振幅は浅くなっているが、そのぶん体が密着し、汗ばんだ肌の感触を味わえた。

「ううう……ちゅぽっ。んろっ」

いつまでもこうしていたい。夢中で舌を巻きつけながら達矢は思う。このまま彼女の中に溶け入ってしまいたいほどだった。

一方、美都子も長らく男に飢えていた。

「ちゅぼっ……。可愛いわ、達矢くん。食べちゃいたいくらい」

彼女は言うと唇を離し、両手で彼の頭を抱えるようにして耳たぶにしゃぶりついてきた。

「んふうっ、男の匂い――」

悦楽に夢中になった彼女は、もはや恥じらいを捨てている。唾液の下卑た音をたて、レロレロと耳の裏からうなじを舐め回した。

ゾクゾクした感覚に達矢は呻く。

「はううっ。先生っ……美都子さんっ」

「達矢くん、エッチな声出してる」

「うくっ……だって」

媚肉に埋もれた肉棒は盛んに先走りを吐いている。舌にうなじをくすぐられ、ほとんど射精しているのではないかと思うほどだった。

頂点への欲求が下半身から突き上げてくる。

「うはあっ、もう我慢できない――」

達矢は身を起こし、執拗な舌の愛撫から逃れた。そのうえで改めて彼女の太腿を抱え、ゴールに向かって激しい抽送を繰りだした。

「うおおぉぉぉっ」

「んあああっ、達矢くん。激し……」

ガクガクと揺さぶられた美都子は息を呑む。顎を上げ、白い喉元を晒して、牡《おす》の欲求を全身で受け入れる。

「ハアッ、ハアッ、ハアッ、ハアッ」

「あんっ、あふうっ、んっ、イイッ」

悦楽に身を委《ゆだ》ね、熟女は裸身を踊らせる。胸を突き出し背中を反らし、熱い吐息を盛んに漏らした。

出し入れされる肉棒は愛液に塗《まみ》れ、青筋を立てている。

「ああっ、イくよ、美都子さん、イキそうだっ」

太腿を抱えた達矢は額に汗を浮かべ、奥へ奥へと突き進む。

美都子の首筋辺りが朱に染まっていく。

「はひぃっ、んんっ、イイイッ、もっと」

彼女の細腕が何かを求めて宙をさまよう。かと思ったら、次にはバタリと落ちて、マットの表面を引っ掻こうとした。

「あんっ、いいの。ねえ、あたし――」

彼女は自分でも何を言っているかわかっていないようだった。意味をなさないことを口走り、肉棒の感触にウットリした表情を浮かべている。

やがて達矢の下半身に熱いものがこみ上げてくる。

「うあぁぁぁ、もう出るぅっ……」

止みがたい解放への欲求が、さらに本能を突き動かしていた。

しかし、悦楽の高まりは美都子も同じようだった。

「あんっ、イイッ、あたしも……んあああっ」

喘ぎ声は掠れ、激しく身を捩る。無意識のうちに、抱えあげられたままの尻を揺り動かそうとした。

そのせいで達矢は太腿を抱えていられなくなった。

「ううっ、美都子さんエロい」

「達矢くんも。とっても逞《たくま》しくて、いやらしいわ」

欲望に蕩けた視線が見交わされる。思いは同じだった。

「美都子さん――」

「きて。思いきりきて、全部ブチまけていいのよ」

慈しむような目に見つめられ、達矢の頭に血が昇る。

「いくよっ、美都子さん」

「ううん、美都子でいいの。達矢――」

「美都子おっ」

恩師を呼び捨てにして、達矢は猛然と腰を穿った。

美都子は一人の女になっていた。

「んあああっ、イイッ。ステキよ、達矢あっ」

達矢は再び両手をついて抽送していた。

すると、今度は美都子も下から腰を突き上げてきた。

「あっふ、あああっ、すごい。すごいのおおっ」

「うはあっ、俺も……。ぐふうっ、ヤバすぎる」

上下からの挟み撃ちで、感じる摩擦は倍増した。

「はひぃっ、イイイッ。イッちゃう、イッちゃうよぉ」

欲悦に浸り、腰をうねるように動かす熟女は淫らそのものであった。

陰嚢がググッと持ち上がり、熱い塊が肉棒を駆け抜けていく。

「うああぁっ、もうダメだ。イクよ、出すよ」

「イッて。あたしも……はひぃっ、全部出しちゃってぇ」

「ううぅっ、出るっ！」

「あ。イ……イイイーッ、イクッ、イクうううっ！」

堪えきれず白濁が放たれると同時に、美都子も絶頂に達した。

それでも抽送は止まらず、達矢は一滴残らず吐き出した。

「ぐふうっ、ううっ……」

「はううっ、ううぅっ」

すると、美都子も息んで男の精を搾り取る。二人とも汗だくだった。

「ハアッ、ハアッ、ハアッ、ハアッ」

すべてが終わり、達矢は荒い息を吐きながら美都子を見つめる。

美都子も火照った顔で見上げていた。

「──イッちゃった」

「中岡先生……」

熟女の愛らしさにたまらず彼はキスをした。長いキスだった。

やがて彼が顔を上げると、美都子は微笑んで言った。

「母には内緒よ」

「ええ。もちろん」

確かめ合うと、二人は体を離した。美都子の白い内腿には、打ちつけられた跡が赤く残っていた。そして捩れた花弁からごふりと白濁が溢れ出すのだった。

それから美都子は服を着直し、浴室から出て行った。一人になった達矢は、しばらく呆然と愉悦の余韻を嚙みしめながらも、何やら胸に渦巻く思いを抱えていた。由利江と美都子、二人と関係を持ってしまった今、菊水館にどこか居心地の悪さを感じはじめているのだった。

第三章　追われる女

川下の店で達矢は美咲と和牛丼を食べていた。約束のランチだが、その店にしたのはホテルに近いからだ。

「牛丼って言うと、合宿を思い出さない？」

美咲がテーブル越しに話しかけてくる。勤務中なのでホテルの制服スーツの上にグリーンのカーディガンを羽織っていた。

達矢は肉を頬張りながら答える。

「みんなで作りましたよね、牛丼。美味かったなあ」

「だよね。まあ、あのときはこんなにいいお肉じゃなかったけど」

美咲は箸で牛肉をつまみあげ、肉質を確かめてから食べた。

「美味しー。毎日でも食べられちゃいそう」

達矢は彼女が食べるさまを夢見心地で眺めていた。初恋の思い出というのは、えてして美化されがちなものだ。いざ時間を経てバッタリ会ってみると、ガッカリすることも多いと聞く。しかし、美咲は実物も変わらず美しかった。むしろ十年経って以前よりも女っぷりはグンと上がっている。

訊きたいことはたくさんあった。

「美咲先輩は大阪で何をやっていたんですか」

彼女の現在が知りたかった。達矢が訊ねると、美咲は口に頬張ったものをゆっくりと飲み下してから言った。

「販売員。洋服屋さんで働いていたの」

「へえ。先輩だったら似合いそう」

「ありがとう」

美咲はさりげなく答えるが、何やら含むところがあるようにも見える。

達矢が黙って見つめていると、彼女のほうから口を開いた。

「実を言うとね、転職を考えているの」

「そうなんですか？」

するとと、美咲も自分と同じように転機を迎えているらしい。大阪で何があったのだろうか。よほど彼は訊ねてみたかったが、十年ぶりに再会した先輩を相手に、いきなりそこまで踏み込んではいけない気もする。

代わりに達矢は現在のことを訊ねることにした。転職を前に気分転換で帰郷したなら、普通に休暇旅行でいいはずだからだ。

「でも、どうしてこっちのホテルで――」

「働いているか、って？」

「ええ」

「ただの休暇にしたくなかったの。せっかく十二年ぶりに帰るんだし、昔と違う目で故郷を見たら、何か次に繋がるヒントがあるんじゃないかと思って」

美咲の口調には、何の気負いもてらいも感じられなかった。

達矢はしばし言葉が出ない。同じ里帰りでも、自分とはまるで違う。現実が嫌で過去に逃げこんできた自分に対し、美咲は過去を見直し、未来を見据えるために逗留《とうりゅう》しているのだった。

「そっか。さすが美咲先輩だな……」

感心するとともに、彼は改めて美咲の人間性に惚れてしまう。中学生の自分が恋した「美咲先輩」は、ずっと変わらないでいてくれたのだ。

「ちょっと、達矢くん。大丈夫？」

ボーッとする達矢を見かねて美咲が呼びかけてくる。その顔は微笑んでいた。

我に返った達矢も笑みを浮かべた。

「ええ。美味かったすね、和牛丼」

「そうね。とっても美味しかった」

互いの空になった丼を眺め、二人は席を立った。そろそろ美咲がホテルの仕事に戻らなければならない時間だった。

店を出てからも、達矢はホテルまで美咲と並んで歩いた。思い出話が尽きなかったのだ。達矢はもちろん楽しかったが、美咲もおしゃべりが楽しくてどこか別れがたいようにも思われた。

しかし、楽しい時間ほど過ぎ去るのも早い。気づけば、彼らは山ノ湯ホテルの前に着いていた。

「じゃあ、俺はそろそろここら辺で――」

達矢が別れを告げかけたとき、美咲の表情がさっと強《こわ》ばった。

「伸二郎《しんじろう》さん……？」

すると、エントランスの外で待っていた男がこちらに近づいてくる。三十代くらいの大柄でのっそりしたスーツ姿の男だった。

男は美咲の前まで来ると口を開いた。

「や、やっと見つかった……」

見た目に反し、消え入るような声で言いながら、男はポケットから出したハンカチで盛んに額の汗を拭《ぬぐ》う。

それに対し、美咲は最初のショックを乗り越え、険しい表情を作った。

「なぜあなたがここにいるんですか？　誰から訊いたんですか？」

「あ、いえ。それはその……」

彼女に詰め寄られ、伸二郎と呼ばれた男はますます萎縮《いしゅく》する。

近くで見ていた達矢は、どうすべきかわからず立ち尽くしていた。男は何者だろう。美咲とどういった関係があるのか。疑問は山ほどあるが、事情がわからない以上、勝手な口出しはできなかった。

すると、美咲が達矢に向かって話しかけてきた。

「ごめんなさい。ちょっと大阪時代の知人で」

「あ、いえ。いいんです……。じゃあ、俺はそのう……」

「そうね。また連絡するわ。今日はありがとう」

「ええ、それじゃあ……」

美咲もこの場を見られたくないようだった。別れを告げられ、達矢は後ろ髪を思いきり引かれながらも、その場から立ち去った。彼女は大阪時代の知人と言った。だが、男の様子を見れば、ただの知人ではないのは明らかに思える。美咲への恋心が再燃しつつあるなかで、ライバルと思《おぼ》しき男の出現は、達矢の心をざわつかせた。

心落ち着かないまま時は過ぎ、気づくと夕暮れ時だった。旅館でゴロゴロしていた達矢だが、ジッとしているのに耐えられなくなり、気晴らしに湯めぐりにでも出かけようと思いたった。

浴衣と羽織に着替え、通りに出る。すると、川にたくさんの灯籠《とうろう》とそれを備えつける人々がいた。冬のこの時期、T町では町中をライトアップする恒例のイベントが開催されるのだ。

達矢も懐かしく作業の様子を見る。イベントが開催されるようになったのは、今から十五年ほど前、彼が小学生の頃からだった。このイベントが評判となり、初開催の年から観光客の数が目に見えて増えたのだった。

やがて達矢は一軒の立ち寄り湯に入り、また通りをブラついた。温泉に入って体はさっぱりしたが、胸のモヤモヤはなかなか晴れない。

するると、とある店前の通りで男に絡まれている女を見た。揉み合っているというほどではないが、女のほうは興奮して何かを言い立てている。

これが別の時なら、達矢は素通りしていただろう。しかし、彼は美咲のことでムシャクシャしていた。遠慮して踏み込めなかった自分が悔しいのだ。しかも、目の前で絡まれている女には見覚えがあった。

達矢はつかつかと男女に近づき、女のほうに声をかけた。

「真結《まゆ》だろ。どうしたんだよ、こんな店の前で」

ニットを着た小柄な女は、声をかけられてハッとする。

「え？　もしかして、達矢――？」

「ビックリした？　帰ってたんだ」

「達矢だぁー」

すぐに彼とわかった真結は、こちらへ駆け寄ってくる。今まで話していた男など、まるで最初からいなかったみたいな態度だ。

斉藤《さいとう》真結は、近所に住む幼なじみの同級生だった。小柄で華奢《きゃしゃ》なスタイルは遠くからでもすぐ彼女とわかったほどだ。

「なんで？　いつから帰ってたの？」

矢継ぎ早に真結は訊ねてくる。十年の垣根はとっくに取り払われていた。

「何日か前に。有休でね」

「うわあ、ビックリ。まさかこんなところで――」

彼女は言いかけたところで男の存在を思い出したらしい。首だけそちらに向けると、冷たく言い放った。

「坂田《さかた》、あなたはもういいわ。大丈夫、もうどこにも行かない。久しぶりに達矢が来たんだもの。お父さんたちにも言っておいて」

すると、男は何も言わず一礼して立ち去った。男が羽織っている白衣の襟には、「斉藤惣菜店」の刺繍《ししゅう》が入っているのが見えた。

男が去ると、達矢は訊いた。

「従業員の人？」

「そう。それより家に寄っていってよ」

「そうだな。久しぶりにお邪魔しようかな」

「入って、入って」

真結は嬉々として惣菜店の勝手口に招く。達矢も懐かしかった。近所に住んでいた頃は、こうしてよく勝手口から上がったものだ。

先に立った真結が階段を上り、達矢はあとに従う。

「小父さんと小母さんは？　挨拶しておきたいんだけど」

「あとでいいよ。二人は配達で忙しいから」

「そっか」

気のおけない会話だった。訊いた達矢も真結の両親がこの時間帯は忙しいことをわかっている。

二階に上がって一番奥が真結の部屋だった。

「どうぞ。入って」

「うわあ、この部屋に来るのも久しぶりだな」

六畳の洋室は昔とあまり変わっていない。達矢は室内を見回して思う。高さ調整できる勉強机も、ヘッドボードを女の子らしく装飾したベッドも以前のままだ。

無意識に達矢は定位置だった学習椅子に腰掛ける。

「で、どうなんだよ最近は。元気そうじゃんか」

かたや真結はふわりとベッドに飛び乗り、壁にもたれた。

「達矢も。変わんないね」

「そうか？　これでも背は結構伸びたんだけどな」

達矢は座ったまま背をピンと伸ばしてみせながら、幼なじみを見る。真結は病弱な子供だった。いつも青白い顔をして、学校も休みがちだった。そのため家が近所の達矢は、よく学校帰りにプリントなどを届けに立ち寄ったものだ。

二十五歳になった今も、真結は相変わらず細身だった。ふんわりとしたセーターの中身はきつく抱いたら折れてしまいそうに見える。

「そうだ。達矢、お腹空いてない？」

彼女はふと思い立ったらしく、ベッドから脚を下ろした。

「いいよ。気を使わなくて」

「遠慮しないで。どうせお店の残り物くらいしかないんだから」

真結は言うと、そそくさと一階へ向かう。その間に達矢は折り畳み式の卓袱台《ちゃぶだい》を用意していた。勝手知ったるものだ。

やがて真結が料理を運んできた。きんぴらや煮付けなどといった惣菜店で出しているものばかりである。

だが、達矢はそれらが大好物だった。

「おー、美味そう。菊水館でも小鉢で出たけど、なんだか物足りなかったし」

「お父さんたちが聞いたら喜ぶわ。さ、再会を祝して乾杯しよう」

真結は瓶のビールとコップも用意していた。

達矢はコップを受け取りながらも、どこかこそばゆい感じがする。

「へえ、真結も酒とか飲むようになったんだ」

「ちょっと。言っとくけど、あたしも達矢と同い年なんだからね」

「そりゃそうか。乾杯」

「乾杯。久しぶり」

こうして二人はグラスを交わし、惣菜をつまみはじめる。カーペットに直《じか》に座り、卓袱台を囲んでのプチ同窓会だ。

達矢はきんぴらをつまみながら訊ねる。

「ところで、さっき店の前で揉めてたのは何だったの？」

「あー、あれね」

真結は口のなかの惣菜をビールで流しこんでから言った。

「何でもないのよ。気にしないで」

しかし、達矢には「何でもない」ようには見えなかった。一緒にいた坂田という男は従業員とのことだが、彼が真結を見つめるまなざしには、遠慮しながらも真剣な思いを奥に秘めているように思われたのだ。

達矢が黙っていると、真結は観念したように箸を置いた。

「わかったわよ。もう、達矢ったら」

「なんだよ。俺は何も言ってないだろう」

「そんな目でジトーッと見られたら、白状せざるを得ないじゃない」

気心通じた幼なじみだからであろう。言葉を交わさなくても、互いの言いたいことは伝わっていたようだ。

真結が語りはじめる。

「実を言うとね、洋裁で独立しようと思っているの」

「洋裁——？」

「ほら、見て。机の上」

達矢が見ると、勉強机の上にはミシンや端切《はぎ》れなどが所狭しと置かれていた。昔はなかったもので、目には入っていたが、気にしていなかったのだ。

「それからあのお洋服も。あたしが作ったの」

真結が指したのは、壁に吊されたワンピースドレスだった。シースルー素材があしらわれた、パーティで着るようなブルーのドレスだ。

達矢は意外な才能に驚いた。

「へえ、すごいな。これを真結が作ったんだ。売り物みたい」

「ありがとう。十七くらいから始めたの」

「けど、それがなんで揉め事になるわけ？」

彼女によると、揉めた原因は親に逆らいアパートを契約《けいやく》しようとしていたからだった。洋裁は近所の職人から教わったようで、最近では技術も信頼され、店から仕事も請け負うようになったという。

「だけど、これ以上手広くやるには、この部屋では狭すぎるの。それで賃貸を探していたんだけど、親にバレちゃって」

「じゃあ、あの坂田っていう人は——」

「そう。親に頼まれて、あたしを引き留めていたってわけ。でも、いくら従業員だからって、そこまでして雇い主に媚びる必要なくない？」

元来青白い真結であるが、ビールのせいもあって頰をほんのり染めて言いたてる。

だが、達矢には両親の気持ちもわかった。彼の脳裏には、寂しそうにベッドに横たわっている中学生の真結の姿が浮かんでいる。

「まあ、真結の気持ちもわかるけどさ。きっと小父さんたちだって——」

「ちがうわ。達矢はあたしの気持ちなんかわかってない！」

ぴしゃりと言い放たれ、達矢は口をつぐむ。真結は真剣だった。

「ごめん、俺……」

「ううん、いいの。ちょっと興奮しちゃった」

彼が謝ると、真結も冷静になったが、目の端にぽっちりと涙が浮かんでいる。

「あたしさ、ほら小さいときからずーっと家のなかにいたでしょう？　つまんなかったな」

「うん、覚えてる」

「生きる目的もなくてさ。でもね、洋裁に出会ったの。こんなあたしでも、誰かの役に立てるんだと思うとうれしくて。知れば知るほどハマっていったわ」

「そうなんだ」

「それにね、中学を卒業したくらいから、だんだん体調もよくなっていったのよ」

確かに言われてみれば、昔と比べて顔色は少しよくなったようだ。相変わらず痩せてはいるが、二十五歳の女性らしい柔らかさもそこはかとなく感じられる。

すると、真結はふいに卓袱台をどけてにじり寄ってきた。

「達矢、あたしが昔のままだと思っているでしょ」

「え。いや……」

たじろぐ達矢。見つめる先には真結のリップを引いた唇があった。

「昔のあたしとは違うんだから――」

真結の息遣いが浅くなる。日本人形のようなつぶらな瞳が潤んでいた。

達矢は固まって身じろぎすらできない。

「ほら、見て。あたしこんなになったんだよ」

彼女は前屈みになり、手でセーターの襟元をグッと引っ張り下ろす。すると広がった隙間から、ぷるんとたわわな膨らみが二つ谷間を覗かせた。

「あ……ああ……」

見てはいけないものを見てしまった。達矢は反射的に目を逸らした。だが、まぶたの裏には双丘のたゆたうさまが焼きついている。昔の彼女にはなかったものだった。

真結は徐々ににじり寄ってくる。

「なんで目を逸らすの。ちゃんと見て」

「う、うん……」

幼い頃は近所に真結がいるのが当たり前だった。双子の兄妹みたいなものだった。

やがて学校に上がると、真結の病弱な体質が目につくようになる。達矢は庇護《ひご》する者となった。学校帰りに立ち寄るのは生活の一部だった。やがて別れのときがくると、真結は手縫いのお守りをくれた。二人は少年少女なりの別れを惜しんだのだ。しかし、十年の月日は彼らを大人に変えていた。

「達矢なら、触ってもいいよ」

真結は大人になった証を誘惑するように見せつけてくる。

幼なじみの髪からいい匂いがした。達矢の息が上がる。

「ど、どうしたんだよ真結。急に――」

「急にじゃないもん。少しずつ大人になっていったんだよ」

ざっくりしたセーターは膝まであったが、裾がめくれて白い太腿が露わになる。

真結の手が達矢の胸にかかった。

「達矢のも見たいな」

守りたくなるつぶらな瞳が見つめていた。

達矢は喉がカラカラだ。だが、まだ気がかりなことがある。

「お、小父さんたちに聞こえちゃうよ」

階下は店の厨房なのだ。真結の両親もそろそろ配達から帰っている頃だった。

だが、真結の目はすっかり蕩けている。とどまる気はなさそうだ。

「大丈夫。片付けと明日の仕込みでそれどころじゃないから」

「あ……ああ……」

無意識に後ずさっていた達矢は、背中に勉強机が当たって行き止まりになる。

真結の小さな顔が覗きこんでいた。

「あたしだって、わかってるんだ――」

寂しそうな声だった。達矢はドキッとして聞き返す。

「わかってる、って何が？」

「いずれはこの家を継《つ》がなきゃいけないってこと」

「あー……」

「けど、あたしだって少しくらい……。一年だけでもいいから、独り立ちしてみたかったの」

「それでアパートを借りようとしたんだ」

ようやくわかった。幼少期病弱だった彼女は家に引きこもりがちだった。やがて成長し、体調が良くなっても、今度は家業の跡取り娘として家に縛りつけられた。それ自体は運命と受け入れているが、そうなる前に少しくらい自由な空気を吸ってみたかったのだろう。

達矢は息苦しさを覚え、改めて幼なじみが愛《いと》おしくなる。

「真結……」

「達矢――」

真結の顔が近づき、唇にキスをして、離れた。

「達矢とチューしちゃった」

女の顔だった。達矢はたまらなくなり、彼女を抱き寄せて再び唇を重ねる。

「うう、真結……」

「ん。達矢、上手……」

達矢は唇の感触を確かめながら、舌を伸ばして歯の隙間から滑りこませる。

「ふぁう……レロ」

「んふうっ、ちゅぱっ」

すると、真結も舌を巻きつけ絡ませてきた。

信じられないことが起きていた。達矢は自分の行為を不可解に思いながらも、女の唾液を貪るのに夢中だった。

「ふむうっ、ちゅぱっ」

真結の華奢な肩を抱き寄せ、甘い息の匂いを嗅ぐ。そういえば、ごく小さい頃には彼女と結婚を誓ったこともあったのではないか。小さい真結におままごとを付き合わされて、彼はお父さん役をやらされたのだ。

真結も興奮しているようだった。

「んっ。達矢……」

舌を絡ませながら、裸の胸板を手で擦ってくる。セーターの膨らみが押しつけられていた。

やがて達矢の手がセーターの下に潜りこみ、柔らかい乳房を揉んだ。

「んっふう」

とたんに真結は甘い喘ぎを漏らす。キスが解けた。

「真結の……、すごく柔らかい」

「あんっ、達矢の顔エッチになってる」

「誰がそうさせたと思ってるんだよ」

「さあ――」

真結は言いながら、浴衣の下に手を潜りこませ、逸物を逆手に握る。

「あたしかな」

そしておもむろに陰茎を扱きはじめた。

達矢はたまらない。

「うぐうっ……ま、真結っ……」

「すごぉい。達矢のオチ×チン、カチカチ」

真結の手は太竿を扱くだけでなく、亀頭に巻きついたり、裏筋をつつと撫でてきたりした。意外な手練れだ。達矢は快感を覚えつつも、病弱だった彼女がいつこんなテクニックを覚えたのだろうと疑問に思う。

だが、同時に目を刺すのは彼女の白い脚だった。セーターはすっかりめくれ、白いパンティまでがチラチラと劣情を煽りたててくる。

「ああ、真結ぅ……」

しかし、ここでも先をとったのは真結だった。

「興奮してきちゃった。あたし、もう止まんないかも」

彼女は言うと、彼の浴衣の帯を解き放ち、股間に身を伏せてきた。

「あっ……」

達矢が驚く暇もなく、真結はパンツの上からテントにしゃぶりついてきた。

「んふうっ、達矢のエッチな匂い」

「ううっ、真結。汚いよ」

途中で温泉には入ったが、下着は朝から替えていない。だが、真結はまったく気にすることもなく、下着ごと逸物を吸ってきた。

そのうえ、手で陰嚢をまさぐってきたのだ。

「むふうっ、おいひ……」

「ぬおぉぉぉ……」

たまらず達矢は天を仰いだ。病弱な真結がセックスも未経験だろうというのは、勝手な思いこみに過ぎなかったのかもしれない。彼は身悶えながら、幼なじみの別の一面を垣間見た気がした。

こうなれば彼も開き直るしかない。

「俺も真結のが舐めたい」

「いいよ」

達矢が言うと、真結はすぐに応じた。自らセーターを脱ぎ、仰向けに横たわったのだ。

幼なじみのランジェリー姿は妖艶だった。

「綺麗になったね、真結」

華奢な骨格は昔のままだ。だが、ブラジャーのサイズは堂々としたものだった。D

カップくらいかもしれないが、土台が細身《ほそみ》なために大きく見える。ウエストは抱いたら折れそうなほどであるが、骨盤は女らしく張り出し、スラリと細い脚も決して貧相ではなかった。

「あんまり見られたら恥ずかしいよ」

自分から誘いかけた真結であるが、男の熱い視線に羞恥を見せる。

しかし達矢からすれば、その羞恥の仕草は男心をそそった。

「ああ、真結は本当に大人になったんだね」

彼は覆い被さり、ブラジャーを外す。眩しいほど真っ白な膨らみが二つ現れた。突端はピンク色だ。たまらず達矢はしゃぶりつく。

「はむ――真結うっ。ちゅばっ」

「はううっ……」

とたんにビクンと震える真結。ボディソープの匂いがした。

達矢は温もりに顔を埋め、手でも乳房を揉みしだく。

「むふうっ、ふうっ」

「んっ、あっ」

真結は感じやすく、盛んに息を漏らした。

女の肌に溺れながら、達矢は徐々に顔を下げていった。

「ハアッ、ハアッ、ちゅううっ」

平らな腹を下りる途中で臍を吸う。跡がつくほどの強さだった。

真結がウットリするような声をあげる。

「あうう……」

もうこの辺りで牝臭が漂《ただよ》ってきた。生々しい匂いが達矢のリビドーを刺激する。彼はたまらずパンティに手をかけて、一気に引き下ろした。

「あふうっ」

「あああ、真結の――」

割れ目はヌラヌラと濡れ光っていた。恥毛は薄く、中身が丸見えだ。ビラビラが捩れてかるく寛いでいた。粘膜の色が愉悦を誘っているようだ。

達矢はたまらず媚肉にむしゃぶりついた。

「真結うっ……」

「んああっ」

舌が這い、真結の体がビクンと震えた。

プンと牝の匂いが鼻をつく。達矢は夢中で舐めた。

「真結の……オマ×コ……」

「はひぃっ、ダメ……あああ」

真結は顎を反らし、愉悦に顔を歪めた。華奢な体が陸に上がった魚のようにピチピチと跳ねるさまは、生き生きとして美しかった。

達矢は割れ目に鼻面を突っこみ、溢れるジュースをゴクゴク飲んだ。

「びちゅるっ、じゅるるるっ」

「あっひ……んんんっ」

細い脚が閉じようとする。腰が浮き上がり、力んだ尻にえくぼができた。

達矢のこめかみは締めつけられて痛いほどだ。しかし、幼なじみの牝汁を舌ですくうのをやめられなかった。

「真結っ、美味しいよ。真結のオマ×コ」

「あんっ、達矢が……あたしのを舐めてる」

真結は喘ぐ息とともに言った。愛おしげに男の髪を撫で、口舌奉仕する顔をうれしそうに眺めている。

「ハアッ、ハアッ」

病弱な娘はいつしか淫蕩な女になっていた。達矢は感慨深く思いながらも、下半身は別のことを訴えた。自ずと手がパンツに伸び、足首から抜いていた。逸物ははち切れそうなほど勃起している。

「ああ、真結。俺、もう我慢できないよ」

顔を上げて達矢が言うと、真結も両手を差し伸べる。

「きて。あたしも達矢が欲しい」

「真結うっ」

彼は覆い被さり、硬直の狙いを定める。濡れ秘貝はすぐに見つかった。肉傘は逸《はや》るように先走りを吐き、牝汁溢れる花弁のあわいに侵入した。

「おうっ」

「んあああっ」

真結の膣は狭かった。しかし、ぬめりは申し分ない。途中でつかえることもなく太竿を受け入れた。

「ふうっ、ふうっ、ふうっ」

とはいえ、達矢は挿入したところでいったん休まねばならなかった。痩せているせいで骨盤が狭いのだろう。締めつけは思った以上であった。

一方、真結は何ら痛痒を感じていないようだった。

「あぁっ、あたしのなかに達矢が入ってる」

ウットリした表情を浮かべ、胸を喘がせている。唇は浅い息を吐き、白い肌はほんのり朱が浮かんでいた。悦びに輝いているのは明らかだった。

「ねえ、達矢――」

焦《じ》れたような声を出し、自ら腰を動かしてきた。

快楽が達矢を襲う。

「ぬおおおっ」

初めて感じる快感だった。蜜壺の締めつけがきつく、気持ちよさの奥に痛みに似た感覚があるのだ。

だが、不快ではない。彼は愉悦に耐え、自分も腰を動かした。

「うはあっ」

「あううっ」

真結は感じていた。苦痛などまるで感じていないようだ。

しだいに達矢も圧力に慣れていき、グラインドの幅が広がっていく。

「ハアッ、ハアッ、ハアッ」

太竿は何箇所も太い輪ゴムで縛られているようだ。腰を突き入れ、引くたびに、苦痛の一瞬を横切った。それでも抽送を止められないのは、その締めつけがとてつもなく気持ちいいからだった。

「ううっ、真結のオマ×コ、滅茶苦茶締まるよ」

「そう？　達矢のも……んふうっ、大きいの」

「俺たち、こんなことして、いいのかな」

「達矢はよくないと思ってるの」

「だって、俺たち——」

「そうだよ。いけないことをしているの」

真結は言うと、おもむろに彼の顔を引き寄せてキスをしてきた。

「でも、あたしの自由だもん。達矢だって、結婚しているわけじゃないでしょ」

「もちろん。だけど……」

達矢は感情と快楽の狭間《はざま》で葛藤しつつも、真結の甘い舌を貪らずにはいられない。

「ああっ、真結っ」

「こんな風に好き勝手できるのも、独身のうちだもん。いっぱいしよ」

真結も愉悦に溺れていた。熱のこもったディープキスを見れば明らかだ。だが、口走る言葉には隠れた事情が秘められていそうだった。

しかし、快楽に夢中な達矢はこのとき気づかない。

「ううっ、ダメだ。気持ちよすぎる」

唾液交換を充分にしたあとで、彼は再び上体を起こし、太腿を抱えた。

「真結――」

「達矢……」

見上げる幼なじみは女の顔をしていた。顔を合わせないでいた十年のうちに、二人とも大人になっていた。そして再会は生まれたままの姿であった。互いの顔に懐かしさを覚えながらも、欲望を抑えられないのは哀しい男女の性《さが》だった。

「ううう、真結っ」

達矢は抽送を再開した。

真結が身悶える。

「んああっ、んふうっ。達矢っ」

湿った音が鳴るが、響きは鈍い。蜜壷が狭く、余裕がないためだ。

しかし、ぬめりは充分だった。達矢は額に汗を浮かべて腰を穿つ。

「ハアッ、ぬあぁぁ」

「んっふ、イイッ、あんっ」

カーペットの上で二人はまぐわっていた。階下ではガタゴトと忙しそうな音が鳴っている。明日の仕込みも佳境に入っているようだ。

一方、部屋の男女は欲悦に夢中だった。

「ハアッ、ハアッ、ハアッ」

「あんっ、ああっ、んんっ」

達矢が突き上げ、真結が受け入れる。子供の頃の密かな憧れ、好奇心、心温まる友情を反芻《はんすう》し、肉の悦びに昇華しているようだった。純粋な思い出は思い出として残りつつも、永久に変わってしまうものもありそうだった。

真結の喘ぎ声が高くなってくる。

「んあああっ、イイーッ」

彼女は女の悦びを充分知っていた。達矢の考えていた箱入り娘とは違ったわけだ。

しかし、その没頭ぶりには自由へのあがきも込もっているように思われた。一人前の女として男に抱かれる瞬間だけが、両親にも干渉できない自立した自分を感じられるのかもしれない。

「達矢、ねえ――」

「ああ。うん」

二人は視線で互いの思いを伝えた。長年連れ添った夫婦でもないのに可能なのは、彼らが幼なじみだったからだ。物心着いた頃からの好悪や恐怖、夢や希望を共有してきた者同士ならではの了解だった。

達矢は彼女のアキレス腱を肩に掛けさせて、片脚をぐいっと持ち上げる。

「それっ――」

「あっ……」

すると、真結は一瞬息を吐くが、柔軟に対応した。

達矢はそうして片脚を上げさせたまま、腰を前に突き出していく。

「ふうっ、ふうっ」

「ああ、きて……」

松葉崩しの体勢で、肉棒が花弁深くに突き刺さった。

「おうっ……」

「んあぁ……」

淫らな体位であった。片脚を上げて秘部を晒した女の上に乗り、男は重みに耐えながら腰をせり出すのだ。

「ハアッ、ハアッ」

より深く、根元まで。

女は不安定な姿勢で愉悦を貪った。

「あんっ、あっふう」

足を宙にブラつかせ、荒い息を吐く。

結合部はくちゅくちゅと濁った音をたてた。太竿はぬめりに照り映え、伸び縮みする花弁を巻きつけて出たり入ったりする。

達矢の呼吸は荒かった。

「うはあっ、ハアッ。真結ぅ……」

組み伏せられた真結も盛んに喘ぐ。

「んあああっ、達矢っ……あふうっ」

だが、そのときだった。階下から呼ぶ声がしたのだ。

「真結うー？　上にいるのー？」

ハッとした二階の二人は動きを止める。真結が囁いた。

「お母さんだわ」

「どうする？」

達矢は脚を抱えたまま囁きかえす。小母さんと十年ぶりにこんな姿で再会するわけにはいかない。

「任せといて」

真結は目配せすると、高い声で言った。

「いるよー」

「誰かいるの？　お客さん？」

「ううん、一人。あとで下に行くから」

「わかったー」

しばらく待つと、真結の母親は階段のところから離れたようだった。

ホッとして見つめ合う達矢と真結。下半身は繋がったままだった。

「ヤバかったかな」

「大丈夫よ。脚を下ろしていい？」

真結が肩から脚を下ろす。

「けど、あの坂本さんって従業員が——俺たちが家に入るところを見ていたんじゃないかな」

達矢が心配そうに言うと、真結は微笑んで彼の顔を引き寄せた。

「ねえ、今はそんなことよくない？」

「あ、ああ。だね」

「最後までしようよ」

熱い吐息とともに、真結は舌を絡ませてきた。

ねっとりとしたキスに達矢の劣情が蘇る。

「ぷはっ……真結……」

「ん……達矢」

唾液を交換しながら、おのずと腰が蠢きはじめる。

「んっ、ふうっ」

「あんっ、んんっ」

体を密着させたままの正常位だ。邪魔が入って失いかけた二人のリズムが瞬く間にもとの形を取り戻していく。

達矢は真結の口中を貪りながら、肉棒を突き立てていた。

「むふうっ、ちゅぱっ……」

「んふうっ、んんっ……」

真結もまた舌を懸命に突き出しながら、抉られるたび熱い息を吐いた。

やがて呼吸が苦しくなり、達矢はガバと上体を起こした。

「ぷはあっ……ハアッ、ハアッ、ハアッ」

「んああっ……んんっ、イイッ」

激しい抽送に真結は思わず高い声をあげてしまう。自分の声にビックリし、慌てて自ら手で口を押さえたが遅かった。

しかし、達矢はそろそろ限界だった。

「真結、マズいよ。俺、もう——」

「いいよ。あたしも……んあああーっ、イキそうっ……」

見上げる真結は下唇を噛んで訴えた。眉間に皺が寄っている。

達矢はラストスパートをかけた。

「うあああぁぁっ、真結うっ」

「はう……イイイッ、イクッ、イッちゃううううっ」

ひと足早く真結が絶頂を迎えた瞬間、ただでさえ狭い蜜壺がさらに締めつけてきた。

「ううっ、出るっ」

絞り出された白濁液は、びゅるっと勢いよく子宮口に叩きつけた。

ぶり返す絶頂に真結は繰り返し身を震わせる。

「あうっ、あううう……」

「ハアッ、ハアッ、ハアッ、ハアッ」

達矢の全身を心地よい疲労感が包んでいた。不思議と罪悪感はなかった。申し訳なく思うほうが彼女に失礼だと思った。か弱かった幼なじみの女の子は、自立した考えを持つ一人前の女性になっていたのだ。

「真結――」

「達矢――ありがとう」

二人はもう一度キスをすると、ゆっくり離れた。

「うっ……」

「あっ……」

結合が解かれたとき、敏感になった男女は声をあげた。真結の白い内腿には打ちつけられた跡が残り、割れ目はごぷりと白濁を漏らした。

服を着直したあと、達矢は勝手口からこっそり斉藤家を出た。さすがにこのあとで彼女の両親に会う気はしなかったからだ。二人には改めて挨拶に訪ねることにし、真結と別れを告げた。

「じゃあ、また昼間に来るよ」

「うん、そうして。あと――」

「何か？」

「あたし、たぶん結婚する」

最後の瞬間になって真結は意外なことを言いだした。

達矢は驚いたが、内心では何となく予想しないでもなかった。

「もしかして、その相手って――」

「そう。坂本。本当はね、あたしも彼のこと嫌いなわけじゃないんだ」

「じゃあ、なんで俺と……」

「自分のなかに区切りを付けたかったのかな……。ごめんね、達矢を利用する形になっちゃって」

達矢にはよく理解ができなかった。しかし、真結が運命を受け入れながらも、心のどこかで別の人生を夢見たことを責められはしない。

「気にするなよ。じゃ、またな」

「うん、またね」

真結の顔は明るかった。それだけで充分ではないだろうか。

日はとっぷりと暮れていた。達矢はボンヤリと旅館への帰り道を歩いていた。川に浮かんだ灯籠が早くも灯《とも》りはじめている。行き交う観光客は、その幻想的な光景をうっとりと眺めていた。

するると、達矢は知った顔に会った。美咲だ。

「今帰りですか」

「達矢くん。そうなの。今日は早番で」

美咲は私服に着替えて、ホテルスタッフ用の宿舎に帰るところだった。

達矢は何となく並んで歩きだす。

「なんかお疲れみたいですね」

「そう？」

美咲が意外そうな顔を向ける。夜道で街灯に照らされたその顔は、相変わらず引きこまれるほど美しい。だが、疲労の影は隠せなかった。あるいは悩みが？

達矢は川の明かりを眺めながら言った。

「昼間の男……、あれは何者なんですか？」

ずっと気にかかっていたのだ。男が現れたとき、美咲は深刻そうな表情を浮かべていた。問題があるなら助けたい。

真結はしばらく答えなかった。そぞろ歩きながら何か考えこむふうだったが、やがて心を決めたように口を開いた。

「実は彼ね——田原伸二郎《たはらしんじろう》さんっていうんだけど、わたしの元婚約者なの」

「えっ……!?」

あまりの衝撃に達矢は声が出ない。たった今、真結の話を聞いてきたばかりである。まさかこう立て続けに縁談話が持ち上がるとは誰が想像しただろう。

だが、美咲は「元」と言ったはずだ。

「大阪でいったい何があったんですか」

思わず達矢は立ち止まり、真相を訊ねた。美咲の憂いの謎が知りたかった。

すると、美咲も足を止めて言った。

「話は一年前に遡《さかのぼ》るの——」

それから彼女はゆくたてを語りはじめた。大阪のアパレル会社に就職した美咲は、とある町の商店街にある支店に勤めるようになった。そこで彼女はめきめきと頭角を現し、二十五歳で店長を任されるまでになっていた。

「そのうち商店会にも参加するようになって、すっかり町にも馴染んだわ」

美咲の仕事ぶりは上司の信頼も厚く、本部での管理職の話も出ていたが、現場で接客するのが好きな彼女は店舗での勤務を選んだ。

「そしたらある日、時計店のご主人と奥さんがいらっしゃって」

訪ねてきたのは、同じ商店街で老舗時計店を営む夫婦だった。美咲を見込んで、ぜひ一人息子と娶《めあわ》せたいというのだ。

「その息子っていうのが――」

「そう、伸二郎さん。時計店の五代目ね。もちろん顔は知っていたけど、それまではあまり行き来がなかったものだから、いきなりの話でビックリしたわ」

当初美咲は断ろうと思ったが、時計店夫婦の熱心さに押され、一度デートすることを了承した。商店街の人間関係を気にしたという理由もあった。

おまけに伸二郎は会ってみると、のっそりした男だった。老舗に生まれ、苦労らしい苦労もしていないからか、三十を過ぎてなお両親の陰に隠れてしまうような、一見頼りない男だったのだ。

「でも、悪い人じゃなかったのよ。それにわたしも過去に嫌なことがあって、そのときは早く身を固めたいとも思っていたの」

タイミングもあったようだが、結局美咲は伸二郎と婚約を結んだ。互いの家にも挨拶し、あとは式の日取りを決めるばかりだったという。

ところが、好事魔多し。突然、伸二郎のギャンブル癖が露呈した。おとなしくて真面目とばかり思っていた伸二郎が、実は裏カジノに通い、派手な夜遊びで散財したあげく、多額の借金を抱えていることがわかったのだ。

「わたしもショックだったけど、それよりわたしの両親が怒っちゃって。結局婚約は破談したわ」

「そりゃあそうでしょう。大変でしたね」

「ううん、違うの。大変なのはそこから」

「え？　何があったんですか」

「彼が諦めてくれなかったのよ」

伸二郎の借金発覚で、婚約は両家の間で正式に破談したはずだった。ところが、伸二郎は美咲を諦めきれず、そのあともしつこく店に顔を出したという。

「営業時間に来られて、大きな体で居座られるでしょう？　うちは婦人服だからお客さんにも迷惑だし、だんだん店にも申し訳なくなってきて」

しだいに営業に支障をきたすようになり、思い余った美咲は警察にも相談したが、まだ事件が起きたわけでもなく、相手にされなかったという。老舗時計店の地元との癒着は強く、何らかの力学が働いたという噂もあった。

「それでもう大阪にいられなくなって、こっちに一時避難したってことなの」

「ひどいな。それ」

達矢は義憤《ぎふん》に駆られた。しかも、その男がT町にまで現れたのだ。

「美咲先輩。その伸二郎って男、まだいるんですか」

「ええ、まあ」

「俺、そっちのホテルに移ります。美咲先輩を守りますから」

呆気にとられる美咲をよそに、達矢は熱い思いに駆られていた。

第四章　温水プールと山の温泉

翌日、達矢は菊水館を引き払った。旅館の人たちは皆別れを惜しんだ。だが、彼がまだしばらくT町にいるとわかると、いつでも遊びに来るよう快く送り出してくれたのだ。

「今度はお昼にまかないでも食べにいらっしゃい」

女将は帰郷した息子にするように声をかけてくれた。

番頭の関口老も目をしばたたいて言う。

「東京に帰る前には、必ずこのジジイに会いにきておくれよ」

「うん、そうするよ。おばちゃんも忙しいのにありがとう」

達矢は言うと、荷物を持って菊水館を後にした。仕事が多忙な美都子や由利江とは会わなかった。あれ以来、二人とは顔を合わせづらかったのもあり、彼は何となくホッとする気もした。

あとで知ったことだが、由利江の裏稼業は女将の夫、すなわち菊水館の主人が取り仕切っているとのことだった。ほかにも主《あるじ》は、酒席でのコンパニオン派遣なども手掛けているらしい。要するに、温泉場の裏面を一手に引き受けていたのだ。

それで美都子の妙な問いかけも理解できた。おそらく若女将は父親の裏稼業を知らないが、常々疑ってはいたのだろう。それとなく由利江の動向も見張っていたに違いなく、そこへ達矢が偶然現れたというわけだ。

ともあれ今の達矢は美咲のことで頭がいっぱいだった。山ノ湯ホテルに問い合わせると、運良くひと部屋空いたところだった。ツインルームで料金は二人分かかるとのことだが、恋する美咲の命運に関わるならやむを得まい。

五年前にできた山ノ湯ホテルは、何もかもが揃っていた。レストランやバーはもちろんのこと、カラオケや遊技場、さらにはトレーニングジムやプールまであるのだ。鄙《ひな》びた温泉地とは思えない充実ぶりだった。

ところが、肝心の美咲となかなか会えない。菊水館がそうであったように、ホテルも繁忙期で手が足りないのだろう。本来は満室で達矢が滞在など出来そうになかったが、美咲が上手くキャンセルの出た部屋を押さえてくれたのだった。幸い、件《くだん》の伸二郎はおとなしくしているようだった。何かあれば美咲から連絡があるはずなので、達矢はヤキモキしながら待っていた。

それにしても、することがない。ホテルの部屋で日がなボンヤリしていても、埒《らち》があかないのはわかっている。やがてジッとしているのに耐えられなくなった。

「くそっ……」

達矢はベッドから起き上がり、フロントへ向かう。室内温水プールがあると聞き、久しぶりに泳いでみようと思ったのだ。

水着の用意がなかったので、売店でパンツを買ってから室内プールへ赴く。施設《しせつ》は立派なものだった。一面がガラス張りになっており、冬枯れの山の景色を望みながら泳ぐことができた。二十五メートルプールには日差しが降り注ぎ、水面がキラキラと輝いている。

先客は一人だけいた。そもそも山間の温泉に来て、わざわざ室内プールで泳ごうとする者など滅多にいない。

達矢は準備運動をしながら、泳いでいる先客を意識していた。泳者は女性だった。見事なクロールだ。水を掻く腕は伸びやかで力強く、バタ足も無駄な水飛沫《みずしぶき》は一切上げていない。ゆったり泳いでいるように見えるが、タイムもかなり早そうだ。

（綺麗だな――）

ウットリ見惚れる達矢だが、そのフォームはどこか見覚えがある。

すると、女性が泳ぐのをやめてプールから上がってきた。達矢がいるのと反対側のプールサイドだった。女性は水泳帽を被り、濃紺のシンプルなワンピース水着を着ている。たっぷりしたヒップから水が滴り落ちていた。

達矢が挨拶すべきか悩んでいると、女性はゴーグルを上げてこちらを向いた。その顔に彼は驚きを隠せない。

「京子《きょうこ》コーチ！」

「まあ、達矢くんじゃない」

相手もパッと目を輝かせて近寄ってきた。馬場《ばば》京子は、水泳部時代のコーチであった。教員ではなかったが、部活動の顧問として外部から招聘《しょうへい》されたスイミングコーチだったのだ。

「こんな所で会うなんてビックリよ。元気にしてた？」

「ええ、こちらこそ。お久しぶりです」

「ずいぶん大きくなったのね。見違えるようだわ」

この旅では何人もの知人に再会したが、とりわけ京子は特別だった。水泳部での思い出は美咲につながっているのだが、冴えない選手だった達矢にとっても、京子は偉大な指導者であった。

そうしてプールサイドで旧交を温め、互いの近況を語り合った。現在四十歳になる京子は三年前にT町を出て、県央でスクールを開いているとのことだった。

「じゃあ、今はそっちに住んでいるんですね」

「そうなの。部員の数も年々少なくなっていったし。残念なんだけどね」

T町出身の京子は地元のスターだった。幼少から頭角を現し、十歳で県大会に優勝して一躍注目され、中学を卒業すると、才能を見込まれて強豪校にスカウトされた。そして高校三年時には全国大会で優勝を飾り、スポンサーもついて一時はオリンピックの代表選手にも選ばれたほどの逸材であった。

しかし二十二歳の時、股関節の故障でチャンスを逃してしまう。リハビリには一年半近くもかかり、結局現役引退を余儀《よぎ》なくされた。以来、彼女はスイミングコーチとして第二の人生を歩みだしたのだった。現在は両親とともに県央に暮らしているという。

「そうだ。久しぶりに達矢くんの泳ぐところを見せてよ」

いきなり切り出され、達矢は及び腰になる。

「でも、中学から全然泳いでなかったから……」

「あら、だって泳ぐために来たんでしょう？」

切れ長の目が微笑み、からかうように水泳パンツ姿の彼を眺める。

言い逃れはできそうにない。達矢は諦めて嘆息する。

「わかりましたよ。自由形でいいですか」

「オーケー。あたしはここから見てるから」

達矢は渋々といった感じでプールに入る。ホテルは飛び込み禁止だった。

プールサイドの京子が声をかけた。

「時計の針がゼロになったらスタートよ——用意、スタート」

コーチの号令を合図に達矢は泳ぎはじめる。泳ぐのは十年ぶりだが、水に入ると不思議に体が覚えていた。自分が遅いのはわかっている。だが、全身に水を感じるのは気持ちよかった。

彼は一往復し、プールから上がった。見守っていた京子が言う。

「フォームは忘れていないみたいじゃない。感心したわ」

達矢は肩で息をしながら答える。

「いやあ、もう全然前に進まなくて。参りましたよ」

「ずっと泳いでいなかったんでしょう？」

「ええ、まあ」

やはりコーチにはわかるのだ。京子は水泳部のコーチだったときにも、彼のような生徒に対しても、分け隔《へだ》てなく熱心に指導してくれたのを思い出す。

「ただ、相変わらず腰を捻《ひね》る悪い癖が抜けていないみたいね」

「そうでしたか」

「わかった。もう一回プールに入って。詳しく教えるから」

「はい、コーチ」

まるで中学生に戻ったように、達矢はコーチの指示に従った。美咲の件は常に頭をチラついていたが、京子の出現で一時だけ忘れることができた。

二人でプールに入ると、京子は達矢に壁で支えてバタ足をするよう言った。

「あたしがいつも言っていたことを覚えているわね」

「ええ。基本を忘れるな、ですよね」

「そう。さあ、やってごらんなさい」

「はい」

達矢は壁に手をついて、水に浮かんでバタ足をはじめる。

「そう。水を蹴立てないで。ゆったり、大きく動かすの」

脇についた京子が声をかける。達矢は昔を思い出しながら水を蹴った。

すると、ふいに京子の手が水中で臍の辺りに触れてきた。

「腰。楽をしようとしないで、体幹を意識するのよ」

水中の達矢に理解させようとするためか、今度は両手で脇腹を支えてきた。

「そうよ。軸をブレさせないように」

しだいに達矢の息継ぎの間隔が短くなっていく。京子の手つきが必要以上に熱心に感じられたのだ。コーチの手は、ときとして下腹辺りまで探ってきた。中学時代にはなかったことだ。おのずと集中力が切れていく。

「ぷはあっ……ダメだ。すみません」

彼が謝りながら顔を上げると、京子が困ったような笑みを浮かべていた。

「ずっと泳いでいない割には、悪くなかったわ」

「昔を思い出しましたよ。それで――」

達矢は言いかけたことを途中で見失ってしまう。ふとコーチの胸が目に入ったのだ。

京子は背が高く、アスリートらしく体格がよかった。逆に水泳選手としては不利なほど乳房はたわわであった。

しかし、彼が目にした双丘は、当時よりもさらに大きくなったように思われた。年齢のせいで脂肪がついたのだろうか。あるいは、このとき京子が着ていた水着がいわゆる競技用でなく、レジャー用水着だったため、きつく締めつけられていないせいかもしれない。

沈黙を破ったのは京子であった。

「達矢くん、どうしたの。まさか酸欠じゃないでしょうね」

「あ、いいえ。大丈夫です」

水着からこぼれそうな胸の谷間が目についた。達矢は見まいとしたが、無駄だった。たわわな実りは、悦楽を約束するように水面に浮かんでいる。

そのときであった。突然、彼は脹《ふく》ら脛《はぎ》に痛みを感じた。

「いってて……」

「どうしたの？」

「いえ、ちょっとこむら返りしちゃったみたいで」

「そこに上がりなさい」

京子に言われ、達矢はプールサイドに腰掛ける。

「どっち？」

「左脚です」

達矢が言うと、京子はプールに入ったまま彼の脚をマッサージした。

「運動不足だったんじゃない？　久しぶりに動いたから、体がビックリしてしまったのかもね」

彼女は言いながら足先を握り、元教え子の脹ら脛を揉みほぐす。

「すみません――」

達矢は恐縮しきりであった。脚が攣《っ》った原因は、恐らく彼女の言うとおりだ。しかし発症の引き金は、熟女の豊乳に見惚れてバランスを崩したせいだとは恥ずかしくて言えない。

スイミングコーチのマッサージは手慣れていた。揉む力加減が絶妙である。

「泳ぐ以外にも、ほかには全然運動してないってわけ？」

「そうですね。学生時代は、就活で忙しかったし、就職してからは仕事を覚えるのでいっぱいいっぱいで」

「お仕事は大変？」

「物覚えが悪いもので。人より時間がかかるみたいです」

達矢は答えながら、痛みが薄れていくのを感じていた。

京子はなおもマッサージを続ける。

「ふうん。でも、いいことよ。要領のいい人間より、達矢くんみたいな人のほうが、一度覚えたことは絶対に忘れないもの」

いつしか揉みほぐすのではなく、両手で脚を擦るような動きに変わっていた。別の気持ちよさが達矢を覆っていく。熟女の乳房が今にも脚に触れそうだった。

「達矢くん？」

呼びかけられ、達矢はハッとする。

「あ、はい。何でしょうか」

「顔。赤くなってるよ」

「え……」

自分でも気づかないうちに昂揚していたようだ。指摘されて、ますます顔が火照っていく。

擦る手は、いまや膝を越えて太腿の内側を這っていた。

「付き合っている人はいるの」

「いえ……今のところは」

「達矢くん、大人になってずいぶんといい男になったみたいね」

京子が目を細めて見つめる先には、達矢のビキニパンツがあった。

何なのだ、これは。達矢は混乱しつつも、愛撫の気持ちよさから逃れられない。熟女の手入れされた指先は、内腿の敏感な辺りをまさぐっていた。

「ふうっ、ふうっ」

床についた両手を突っ張り、懸命に快楽に耐えようとした。だが、思いとは裏腹に股間はムクムクと膨らみはじめてしまう。

「ふうぅぅぅ……」

すると、京子も深いため息をつく。やがて指先がパンツに触れた。

「ううっ……。京子コーチ？」

「こういうの、興奮する？」

上目遣いで京子に見つめられ、達矢の理性の壁は崩れていく。

「あああ、コーチ……」

ついに指先がパンツの下に潜りこみ、逸物の付け根をまさぐってきた。

「マズいですよ、こんな場所で」

「そうね。じゃあ、人に見られない所に行きましょうか」

京子は言うと、ようやく愛撫の手を止めて、プールから上がった。

京子が彼を連れて行ったのは、女子更衣室であった。ロッカーが立ち並んだ室内には、プールと同じ塩素の臭いがただよっていた。

当然、彼ら以外には誰もいないが、いつ何時ホテルの従業員や宿泊客が現れるかわからない。達矢がその心配を口にすると、京子は言った。

「大丈夫よ。ここ何日も同じ時間に泳いだけど、誰も来なかったから」

とはいえ、仕切りのないロッカールームでは彼女もやはり気になるのか、隣接したシャワー室へ向かう。

個室は案外広く、二人入っても余裕があった。

「いつの間にかあたしより大きくなったのね」

「ええ。あれから伸びたんです」

向かい合わせに立つと、彼のほうが五センチほど高かった。

京子の手が再び彼の股間に伸びる。

「達矢くんのこれ――これも、きっと大人になったんでしょうね」

「ううっ、コーチ……」

「あたしのも触って」

達矢は快感に身悶えながら、右手を京子の股間に伸ばし、水着のクロッチ部分に指を這わせた。

「ああん」

とたんに京子が甘ったるい声をあげる。熟女の唇は濡れていた。

「ハアッ、ハアッ」

達矢は異様な興奮に駆られつつ、熟女の土手をまさぐる。柔らかかった。これが正式な競技用の水着なら、こうはいかないだろう。

彼は指を鉤型《かぎがた》に曲げて溝をなぞった。

「あああ、俺、京子コーチとこんなこと――」

「んんっ、あんっ。興奮してきちゃう」

京子は喘ぎながら、空いた手で水泳帽をかなぐり捨てた。肩で切りそろえた髪が、湿った束になってハラリと落ちる。

達矢の逸物はいきり立ち、パンツからはみ出していた。京子はすかさず捕まえて、逆手で直接握りこんでくる。

「ぐふうっ、ううっ」

「ああん、すごい。はち切れそうだわ」

逸物を愛でるように撫で回され、達矢の息が上がる。

「あああ、コーチぃ……」

「ダメよ。ねえ、ちゃんと名前を呼んで」

「うぐっ……き、京子さん……」

「なぁに、達矢くん」

彼女がこんなにも淫らとは知らなかった。水泳部の部員とコーチだった頃は、達矢にとって京子はあくまで地元のスターであり、尊敬すべき指導者であった。十四、五歳当時の彼からすると、三十歳の女性は責任ある立場の大人だった。見事な肉体美に惹かれはしても、直接触れようなどとは思いも寄らなかったのだ。

しかし十年が経ち、いまや達矢も子供ではなかった。四十歳になった妖艶な美熟女に誘惑されれば、応じるだけの能力はあった。

「京子さんのここが……、アソコが舐めたい」

ついに彼は欲望を口にした。京子はその申し出を喜んだ。

「いいわよ。達矢くんの好きなようにして」

「はい。じゃあ──」

許しを得て、達矢は勇んでしゃがみこむ。すると、京子は自ら脚を開き、やりやすいようにした。彼は股間に潜りこんだ。

「ハアッ、ハアッ。コーチの……京子さんの」

プール上がりのため、まだ水着は濡れていたが、すでに肌の水滴は乾いてなくなっている。股間を見上げる恰好の達矢は、わななく手でワンピース水着の股布をめくって秘部を曝《さら》け出させた。

「あんっ……」

「ああ……」

裾をめくった勢いでスリットは寛ぎ、ぬめった粘膜が現れた。達矢はパンツから肉棒を飛び出させたまま、たまらず媚肉にむしゃぶりついた。

「京子さんっ」

「あっふ、達矢くんっ……」

とたんに京子が体をビクンと震わせる。花弁からさらにジュースが溢れた。

塩素混じりの牝臭が達矢を覆う。彼は舌を這わせ、夢中でぬめりを貪った。

「ちゅぱっ、んぱっ」

「あんっ、ああん、上手」

「京子さんのオマ×コ。ああ、美味しい」

恥毛に鼻面をくすぐられながら媚肉に吸いつく。熟女の土手はふっくらとして、挿れ心地がよさそうだった。達矢は膝をつき、かしずくような恰好で、とめどなく溢れる愛液のプールに溺れた。

「あっ、あああっ、ダメ……あふうっ」

京子は逞しい太腿で彼の頭を締めつけた。

舐め続けるにつれ、プールの臭いは消えていく。熟女の牝臭が芳《かぐわ》しい。

「ううう、京子さん……」

達矢は懸命にねぶった。高まる劣情が浮き世の憂さを忘れさせていく。

その熱心な口舌奉仕に京子が訴える。

「もうダメ……。達矢くんのチ×ポが欲しいわ……」

アスリートらしいストレートな表現だった。思わず達矢はコーチを見上げる。

「ぷはっ……京子さん――」

「上になりたいの。達矢くん、横になってくれる？」

見下ろす熟女の顔は上気していた。たわわな乳房は張り詰め、水着にポッチが浮かんでいる。

達矢は言われたとおり、シャワー室の床に仰向けになる。邪魔なパンツは脱いだ。

背中にはすのこ代わりのウレタンマットが敷かれていた。

「面倒だから、あたしはこのままでいい？」

京子は言った。確かにワンピース水着を着ているため、パンツを脱ぐだけの彼に比べてひと手間かかるのはわかる。とはいえ、その手間などたかがしれている。結局、彼女は水着のまま交わることに興奮を覚えているのだ。

それは達矢にしても同じだった。

「ええ。俺は全然構いません」

「よかった」

京子は彼の腰に跨がると、自ら水着の裾をずらして媚肉を晒す。

肉棒は期待に震え、怒髪天を衝いていた。

「ハァ、ハァ」

「達矢くんのチ×ポをあたしのなかに挿れちゃうね」

妖艶な目つきで見下ろしながら、彼女は肉棒をつかみ、自らの蜜壺へと導いた。

「あっふ……」

「おうっ……」

媚肉に包まれる悦びに達矢は身震いする。

気づくと京子は腰を据えていた。

「全部入っちゃった」

「京子さん……」

「達矢くんとこんなふうになるなんて、想像もしなかったわ」

「俺こそ……。うう……」

「ねえ、オチ×ポ気持ちいい？」

京子は猫なで声で言いながら、据えた腰を揺さぶってきた。

太竿に快感が走る。

「ううっ、気持ちいいです」

「ああん、あたしも。すごく感じちゃう」

彼女は自ら煽りたてるようなことを口走りながら、徐々に腰の動きを大きくしていった。

「あっ、あんっ、んっふ、イイッ」

やがてグラインドが一定のリズムを刻みはじめる。結合部はぬちゃくちゃと湿った音をたてた。

「ふうっ、ふうっ、うううっ」

下になった達矢はたまらず呻く。水着をずらし、媚肉だけを晒した熟女の姿は淫らであった。身体にピッタリと貼りついた水着はボディラインを強調し、引き締まったウエストから張り出した下腹部の曲線が悩ましい。

「あっふ、ああっ、んっ、ああん」

京子は愉悦に顔を歪め、上下に弾《はず》んだ。

媚肉はしんねりと肉棒を包みこむようだった。一方、水着の裾が元に戻ろうとする力で根元を締めつけてくる。

「ぐふうっ……ハアッ、ハアッ」

達矢は息を切らしながら、力強く水を蹴る彼女の太腿を撫でていた。

誰もいないシャワー室に男女の息遣いがこだまする。だが、いつ何時闖入者《ちんにゅうしゃ》が現れるとも限らない。そのスリルが二人の欲情を煽りたてた。

「んあああっ、達矢くんっ。あたし、イッてしまいそう」

グラインドしていた京子が前のめりに倒れてくる。

達矢もまた頂点に昇り詰めつつあった。

「ハアッ、ハアッ。京子さんっ、俺も──」

「ああん、すごい。達矢くんの顔、エッチよ」

「京子さんこそ……はううっ」

いまや京子は彼に覆い被さり、水着の乳房を押しつけていた。だが、その体勢になっても、グラインドの激しさは増す一方だった。

「あっふ……イイッ、イイッ、イッちゃううう」

熟女の尻は叩きつけるように上下した。

「ああぁっ、イイイイッ」

「ハアッ、ハアッ、ううぅっ……」

肉棒が射精を促してくる。達矢は無意識のうちに手を伸ばし、京子の背中から尻へと撫でさすった。

京子は鍛えた下半身で小刻みに尻を振る。

「イイッ、イイッ、イクッ……イイイイーッ!」

呻くように絶頂し、蜜壷がキュッと締めつけてくる。

達矢も限界を迎えた。

「うはあっ、出るうっ……」

「んあああぁぁ……」

白濁が噴き上がり、熟女の胎内を満たす。鋭い悦楽が二人を貫いた。

なおも京子は尻を振るが、それもやがて収まっていった。

「あっ、んっ、んふうっ……」

そしてついにやんだ。同時絶頂したのだった。

「ふうっ、ふうっ、ふうっ」

「ハアッ、ハアッ、ハアッ」

性急に求め合った男女は、終わったあともしばらくは動けなかった。二人は重なり合ったまま、愉悦の余韻を味わっていた。

少し呼吸が落ち着いてくると、京子が顔を上げた。

「すごくよかったわ。達矢くん」

「俺も。京子さん――」

見つめる達矢に彼女がキスをしてきた。しっとりとした唇だった。

それからようやく京子が上から退いた。肉棒が抜けると、ワンピース水着はおのずと媚肉を覆い隠してしまう。しかし彼女が立ち上がると、白濁が水着の裾からこぼれ、内腿を滴り落ちた。淫らな欲悦の跡だった。

それからシャワーを浴び、服を着直した二人は一緒にランチに出かけた。達矢の希望でホテルのレストランは使わなかった。京子と一緒のところを美咲に見られたくなかったからだ。

ランチを終えると、京子が言った。

「よかったら、あたしの泊まっているコテージに来ない？」

「え？　だって、山ノ湯ホテルに泊まっているんじゃ――」

「あそこは泳ぎに行ってるだけ。滞在先は山の上なの」

達矢に断る理由はなかった。今のところ美咲とは連絡が取れないのだ。

「だったら、ぜひ。あのコテージには一度行ってみたかったし」

こうして二人は川の上流へと向かった。菊水館を通り過ぎ、遊歩道のある高原を進むと、山頂へ向かうロープウェーがあった。その一角に一棟貸しのコテージが何棟かあるのだった。

山頂へ向かう道すがら、ふと京子が語りかけてくる。

「達矢くん、悩み事があるでしょ」

「はい……？」

「とぼけたってダメよ。さっきの泳ぎを見ていたらわかるわ」

確信のある口調に達矢は驚く。一芸を極めた人というのは、そういうものなのだろうか。

しかし、彼は何と言っていいかわからなかった。悩み事はある。だが、今となってはそれが東京での失恋のことなのか、それとも美咲との関係についてなのか、自分でもハッキリしなかったのだ。

達矢が答えあぐねていると、京子は自分のことを語りだした。

「あたしもね、ここに来るまでいろいろあったわ。なかでも一番辛かったのは、やっぱり怪我で代表選手を諦めなきゃいけなかったときかな――」

彼女の得意種目は自由形だった。熾烈《しれつ》を極める代表争いのなかで、股関節の故障は致命的だった。

「何が辛いって、応援してくれている人たちの期待に応えられないことね。代表候補に選ばれるのだって、あたし一人の力じゃなかったもの。合宿に行くときも、町のみんなに祝福されて。ダメとわかったときは、もう帰れないと思ったわ」

「辛かったでしょうね。想像もつかないけど」

「ある程度回復しても、チャンスは二度ないこともわかっていた。だから、リハビリも最初は全然やる気になれなくて。母や兄にはずいぶんわがままを言ったわ」

達矢は意外に思う。彼の知るコーチはいつでもひたむきで、その姿勢が周りをも鼓舞する人柄だったからだ。

それにしても、京子はなぜこんなことを自分に聞かせるのだろう。

「それで、どうやって克服したんですか」

しかし、達矢はいつしか話に引きこまれていた。彼が訊ねると、京子は元教え子に向かってニッコリと微笑んで言った。

「それがね、やっぱり町の人たちなの。あたしがリハビリしている間、母伝いにたくさんのメッセージをもらったわ。そこで何かが変わったの。そうしてあたしに期待し、応援してくれた人たちに何か役立ちたい、って思うようになったのよ」

それから京子はリハビリに励み、一年半を経てようやく回復した。それからは彼も知る水泳部のコーチとして、後進の育成に従事するようになったのだった。

達矢は話を聞きながら、自分の悩みがちっぽけなものに思えてきた。とりわけ東京でのことなど、もはや過ぎ去ったことではないか。彼には京子のような周囲からの期待とプレッシャーもなく、解決すべき問題もごく個人的なものに過ぎない。

おそらく京子は、彼に悩みを根掘り葉掘り聞く代わりに自分の話をして、何らかのヒントを与えようとしたのだろう。

「ありがとうございます。すごく参考になりました」

「まあ、昔の話ね。それがあって、今のあたしがあるんだもの。おかげで今は人生を楽しめているわ」

結局、彼女は指導者であった。身をもって教え諭《さと》す人だった。

そうこうするうちに彼らは山頂に着いた。そこから登山道を辿り、十分ほど歩いたところに京子が滞在するコテージが現れた。

山中のコテージは森に囲まれていた。車で登れるような道路は整備されておらず、アクセスするにはロープウェーの駅から徒歩で行くしかない。だが、むしろそういった不便さが宿泊客にはウケていた。

丸太を組んだ山小屋風の建物は床が高くなっており、エントランスへのアプローチには数段の階段がついている。

「なかに入るのは初めてですよ。楽しみだな」

木の階段を上りながら、達矢は言った。一帯にあるコテージは昔から高級リゾートとして知られていて、地元の少年だった彼には縁のない場所だったのだ。

先に立った京子が玄関の鍵を開ける。

「意外と普通よ。あたしも泊まるのは今回が初めてだけど」

「お邪魔します――」

室内は広々としたワンフロアで、壁面には立派な暖炉もついていた。その暖炉には火がついていなかったが、不思議と部屋は心地よく暖められている。京子によると、暖炉とは別に空調が完備されているらしい。見た目のよさと利便性が兼ね備わったリゾート施設であった。

室内に入ると、京子は早速スポーツジャケットを脱いだ。

「部屋は何てことないんだけど、お風呂が最高なの。入ってみない？」

「お風呂……ですか」

言われて達矢はドキッとする。ジャケットを脱いだ京子は、体にピッタリしたジップアップとスパッツのようなパンツ姿だった。アスリートならではのスポーティなスタイルだ。先ほどプールでまぐわったばかりだが、彼はまだその全貌を目にしてはいない。生唾が喉にこみ上げてくる。

「いらっしゃい。こっちよ」

すると、京子は返事も待たずに部屋の奥へと向かう。

達矢もそそくさとあとについていった。

キッチン横の扉を抜けると、広い脱衣所があった。片側に洗面台と脱衣籠などの置かれた棚があり、もう一方には三、四人は入れそうなサウナと、さらにシャワールームまでついている。

「どうしたの。達矢くんも、早く脱いじゃいなさいよ」

京子はさっさと服を脱ぎだした。ジップアップをはだけると、下は黒のタンクトップを着ていた。乳房は大きく、タンクトップの際から柔肌が覗いている。

ここまできて、今さらためらう理由はない。

「はい……」

達矢もコーチに倣《なら》って服に手をかける。

それにしても、京子はなんと享楽的なのだろう。この町で彼が肉を交えた女たちは、それぞれが欲望を抱えていたが、彼女ほどあっけらかんとした態度の者はいなかった。

京子はセックスを心から楽しんでいた。選手としての挫折と再起の経験が、彼女を強くしていったのを思うと、達矢は胸が熱くなるのを覚えた。

その間にも、京子は一糸まとわぬ姿になっていた。

「はい、タオル──。もう、先に行っちゃうわよ」

「あ、すみません。すぐ……」

達矢はタオルを受け取りながらも、京子の裸身に見惚れていた。水泳で鍛えあげられた肉体は、四十路になっても美しかった。たわわな実りは大胸筋に支えられ、ぷるんと張りがあって形がいい。腰にはいくぶん年齢なりの脂肪がついていたが、かえってそれが食欲をそそった。

パンツを脱いだ達矢の逸物は、すでに半勃《はんだ》ち状態であった。京子は横目で確かめると、ほくそ笑んで言う。

「行こ。あたし、待ちきれないわ」

「ええ」

こうして二人は脱衣所の奥の扉を開けた。


「わあ、すごいな」

浴室に入った達矢は感嘆の声をあげる。そこは二面がガラス張りで、露天風呂のようだった。コテージ同士が離れて建っているためなせる業《わざ》だろう。窓の外は鬱蒼とした森が広がっていた。

「ここは源泉かけ流しなの。さ、入ろう」

京子はかけ湯もせずに彼を温泉へ誘う。さっきシャワーを浴びたばかりであり、かけ流しのプライベート空間だからこその行為だった。

二人は石造りの温泉に並んで浸かる。

「あー、気持ちいいですね」

「でしょう？　これだけでもここに泊まる価値があるわ」

浴槽は広く、二人が手足を伸ばしても余裕があった。達矢は温もりに寛ぎ、両手で温泉をすくっては顔をすすいだ。

京子も寛いでいるようだった。脚を伸ばし、手ですくった湯を肩にかけては肌に擦りこむように腕を撫でている。

「こうやってお風呂に浸かっていると、つくづくこの町に生まれて良かったと思うわ」

「ですね。俺も、十年ぶりに戻って改めて思いました」

「でしょう？　あたしもね、この温泉にはこれまで散々助けてもらったもの」

水泳は激しい全身運動だ。疲れた体を癒やすには、温泉の効能がさぞ役に立ったことだろう。

だが、達矢は別のことにも気をとられていた。手を伸ばせば、すぐそこには京子の熟した肉体があるのだ。

おのずと湯中の肉棒は、ムクムクと鎌首をもたげていた。

京子もそれを見ていたのだろうか。ふと思い立ったように言う。

「面白いことしてみようか」

「何です？」

「いいから。達矢くんはそのままでいて」

彼女は言うと、おもむろに湯のなかへ潜った。

何事だろう。訝る達矢が見つめる先で、潜水した京子の頭が股間に迫る。

次の瞬間、肉棒はパクリと咥えられていた。

「おうっ……きょ、京子さん!?」

なんと彼女は水中フェラをしてきたのだ。温泉とは違う温もりが太竿を包みこんでいた。初めての感覚に達矢は呻く。

「ぐふうっ、ふうっ」

京子の髪が湯中でたなびいている。彼女は体が浮き上がらないようにするためか、彼の太腿にしがみつき、頭を上下させはじめた。

「ハアッ、ハアッ、あああ……」

単純に比べれば、普通の状況でされるフェラチオより受ける感覚は鈍いかもしれない。しかし、達矢の感じる愉悦は格別だった。相手が京子でなければ、すぐに息が続かなくなるはずであった。

実際、京子は想像するより長くしゃぶり続けた。

「ハアッ、ハアッ」

水泳選手としての実力を知る達矢も、しだいに心配になってくる。快楽は捨てがたいが、彼は思い余って彼女の頭を股間から引き離した。

するとようやく京子が温泉から顔を上げる。

「ぷはあっ――どうしたの、気持ちよくなかった？」

「あ、いいえ。すごくよかったけど、あんまり長く潜っているから心配になっちゃって……」

濡れ髪から水を滴らせた京子の顔が目の前にあった。

「現役時代から比べれば落ちたけど、今でも三分くらいはいけると思うんだけどな――。でも、うれしいわ。達矢くんが心配してくれて」

「京子さん……」

熟女の顔が迫り、達矢の唇を奪った。ねっとりとしたキスだった。すぐに舌が伸ばされ、彼の舌に絡みついてきた。

「優しい子ね。昔と変わらないわ」

「ううう……、京子さん——」

達矢も夢中で彼女の舌を貪った。同時に彼は両手で双丘を揉みしだく。

「んふうっ、んっ……」

すると、京子もお返しとばかりにペニスを扱いてきた。

「おううっ……」

たまらず達矢が呻き声をあげる。その拍子に舌が解かれた。

「こんなに硬くなって。若いっていいわね」

京子は言うと、舌を鋭く尖らせて、彼の口に突き入れてくる。そうして彼女は舌をペニスに見立てて、首を前後に振るのだった。

「んっ、んっ、んんっ」

「むふうっ、ふうっ」

抽送を受けるのは達矢のほうだった。この逆転プレイに羞恥と興奮は高まる。彼はいったん顔を引くと、今度は自分が舌を伸ばし、彼女の口に突き入れた。

「へっ、へっ、へっ」

「んんっ……んっふ、んっ」

すぐに京子も意図《いと》を了解し、すぼめた口で受け止めた。互いに手でする愛撫も続けている。なんとも淫らな構図であった。

　そうして欲望が高まるにつれ、体が熱くなってくる。これ以上温泉に浸かっている
と、のぼせてしまいそうだった。

「上がりましょうか」

「はい」

　言い交わすと、二人は立った。

「こっちきて」

　京子が彼の手をつかみ、浴槽から上がって窓際に誘う。

　窓外には冬枯れた森の木々が午後の日差しを浴びていた。

「京子さん？」

　股間をいきり立たせた達矢が呼びかける。

　京子の目は勃起物を見つめていた。

「達矢くん、ここでしてみない？」

　そう言うと彼女は窓を向き、両手をついて尻を突き出すポーズをとった。

「後ろから欲しいの」

　なまめかしい熟女の後ろ姿が誘っていた。達矢はごくりと生唾を飲む。

「京子さん――」

「きて」

促され、達矢は怒張を提げて大きなヒップに近づいていく。

「いきますよ」

「うん」

二人の痴態は外から丸見えだった。コテージは宿泊客がいる限り、プライベート空間になってはいるというものの、緊張感は否めない。

「ハア、ハァ」

達矢は早くも息を切らしながら、逸物の狙いを定める。京子は肩幅に脚を開いていたが、もとより腰の位置が高いので、膝を曲げる必要はなかった。

やがて彼は、濡れそぼった花弁に怒張を突き立てた。

「ほうっ……」

「ああっ、きた……」

京子が悦びの声をあげる。白い裸身がビクンと波打った。

蜜壺は肉棒を根元まで咥えこんでいた。達矢は彼女の尻に両手を置き、慎重に抽送を繰り出しはじめる。

「うぅっ、みっちり吸いついてくる」

「あんっ、んんっ」

媚肉は盛んに牝汁を噴きこぼした。ぬめりが太竿に絡みつき、さらなる抽送を促してくる。

「ああっ、京子さんを、犯してるみたいだよ……」

達矢は京子の背中越しに森を眺めながら、劣情に駆られて腰を振った。

かたや京子も息遣いが荒くなる。

「あっふ……ああっ、んふうっ」

温泉で温まった体に瞬く間に汗が浮かぶ。脂の乗った背中が弓なりに反っていった。

立ちバックで悦楽に耽る男女の姿は、やがて冬枯れの景色に溶けこんでいく。

「あああ、京子さんっ」

「んああっ、いいわ。達矢くんのが奥に当たる」

肉棒でかき混ぜられ、花弁は白い泡を噴きこぼしていた。突けば突くほど、蜜壺はこなれていくようだった。

「あんっ、あんっ、ああっ、イイッ」

達矢の抽送が快調なリズムを刻む。すでに一度交わっているせいか、牡器と牝器は互いの形に馴染んでいた。

「ハアッ、ハアッ、ううう……」

「んあっ、いいわ。もっと」

突かれるたび、熟女の肉が震える。京子は愉悦に耐えながら、ガラスについた手で必死に体を支えていた。吊り下がった乳房がぷるぷる揺れている。

「あああ、京子さんっ」

たまらず達矢は前屈みになり、両手で双丘をわしづかみにした。

とたんに京子が声をあげる。

「はひぃっ……達矢くぅん」

「京子さんっ、俺――」

重力に任せた乳房は柔らかく、揉むほどに形を変えた。達矢は腰を使いながら巨乳を揉みしだき、指で乳首を捏《こ》ねまわした。

「はううっ、ダメ……おかしくなっちゃう」

すると、京子は身をくねらせて喘いだ。普段の明朗闊達《めいろうかったつ》なコーチである彼女とはまるで別人だった。彼女は一人の貪欲な女になっていた。

「ハアッ、ハアッ、ううう……気持ちいいよ、京子さんっ」

「あたしも――あっひ、そこ。イイイッ」

浴室に男女の喘ぎが鳴り響く。目の前に広がる森は、悦楽に耽る彼らに無関心なように静かだった。鳥のさえずりも今は聞こえない。

達矢は彼女の体を抱きすくめ、ひたすら蜜壺を抉っていた。

「ハアッ、ハアッ、あああ……」

こみ上げてくる劣情が彼の衝動を突き動かしている。媚肉を突く快楽の前に、ほかの問題は消えていた。少なくともこの瞬間だけは。

しかし、まもなくして京子が訴える。

「んあああ、そこ、いいわッ……イクぅっ……」

「俺も、もう出ちゃいそうです！」

「きてっ。一緒にイッて」

「うおぉおぉおっ、京子さぁん」

彼女の誘い水で発憤《はっぷん》し、達矢は無我夢中で腰を穿つ。

尻を叩かれる京子が顎を上げた。

「あっ、あっ、ダメッ。イクッ、イッちゃううううっ」

京子が仰け反ったとき、蜜壺が締めつけてきた。達矢はたまらず射精する。

「うはあっ、出るっ」

「イイイーッ」

京子は高く喘ぐと、両脚をグッと踏ん張った。同時に、絶頂の快楽に耐えきれなくなった手がガラス面を滑り落ちていく。

「あー、あぁぁーっ……」

「あああっ……」

どくっ、どくっと律動し、白濁を健康的な肉壺へと注ぎ込んだ。

ついに彼女の膝が折れ、肉棒が割れ目から抜けてしまう。白い飛沫が浴室の床に弾《はじ》け飛んだ。

「ハアッ、ハアッ、ハアッ、ハアッ」

「ひいっ、ふうっ、ひいっ、ふうっ」

気づくと、京子は荒い息で床に座りこんでいた。一方の達矢も、射精の余韻を噛みしめながら、床にへたり込む。

「すごかったわ。こんなの久しぶり」

「俺も、頭が真っ白になっちゃいました」

達矢は床に尻を据え、後ろ手に体を支えていた。

かたや京子は脇腹を下にして、肘をついた恰好だった。

「ねえ、達矢くんのそれ――」

「え……？」

熟女の蕩けた瞳が彼の股間を見つめている。ペニスはまだ勃起したままだった。

「ねえ、もう一回しよう」

「京子さん……」

達矢は忘れていた。水泳選手のスタミナが常人離れしていることを。

京子は返事も待たずにむくりと起き上がる。

「達矢くんはそのままでいいわ。あたしが上に乗るから」

彼女は言うと、達矢の投げ出した脚の上を跨がってくる。

熟女の火照った体が目の前に立ちはだかった。

「ああ、京子コーチがこんなにいやらしいなんて」

「知らなかった？」

京子は艶やかな笑みを浮かべ、息づくペニスを逆手に握る。

「今度は見つめ合いながらしましょう――」

「ああ、京子さん……」

達矢の見る前で、京子が腰を沈めていった。

花弁が肉傘を包んでいく。

「ああん」

「おうっ」

肉棒はぬぷりと突き刺さり、こなれた蜜壺が包みこんだ。

対面座位でつながると、京子の顔が少し高い位置にあった。

「また達矢くんのオチ×チンを挿れちゃった」

「はい。ううっ……」

「達矢くんの感じてる顔、可愛いわ」

彼女は言うと、両手で彼の頬を支え、唇を重ねてきた。

「あたし、癖になっちゃいそうよ。悪い女ね」

「俺も。あああ、京子さん——」

達矢は京子の体に腕を回し、差し出された舌を貪った。

「びちゅるっ、ちゅぱっ」

「んふうっ、レロッ……」

濃密なキスが再び劣情に火をつける。京子は抉るように舌を絡ませ、達矢も夢中で女の唾液を啜った。

「ちゅばっ、んぼっ」

「はうう……」

しかし、より積極的なのは京子のほうであった。四十路熟女は自分の欲望に忠実だった。

「もう我慢できない――」

彼女は唇を離すと、体を上下に揺さぶりはじめる。

「ああっ、イイッ」

「ぬあっ……」

射精したばかりの肉棒を摩擦が襲ったのだからたまらない。達矢は思わず呻き声をあげた。

かたや京子は悦楽に夢中だ。

「はううっ、んああああっ」

彼の肩に腕を回し、膝のクッションでグラインドを繰り出していた。牝汁はとめどなく吐き出され、先ほどなかに出された精液とも相まって、ぬめりは凄まじい。

結合部はぬっちゃくっちゃと淫らな音をたてた。

達矢は息を荒らげ、熟女の柔らかい体を抱きしめていた。

「ハアッ、ハアッ。ううぅっ……」

「ああん、いいわ。あなたのオチ×ポ最高よっ」

「そういう京子さんこそ……うぐっ」

「ねえ、見て。あたし、感じているの」

達矢が見上げると、火照った京子の顔があった。悩ましく眉根を寄せながら、熱い息を吐く唇は微笑んでいるようだった。セックスが心底好きなのだ。

「あああっ、京子さんっ、好きですっ」

たまらず彼は背中を丸め、揺れる乳房にむしゃぶりつく。

「びじゅるるるっ、ちゅばっ」

とたんに京子は天を仰ぐようにして身悶えた。

「んあああっ、ダメえっ」

「んばっ、ちゅうぅぅ……」

達矢の舌が、勃起した熟女の乳首を転がし、ねぶる。菊水館での交わりを思い出し、前歯でかるく噛みさえした。

この青年らしからぬ愛撫に京子は乱れる。

「はひぃいいっ、イイイッ。すごいわ、達矢くんっ」

「京子さんっ、京子さんっ」

熟女の温もりに包まれ、達矢はむせぶ。永遠にこのままでいたかった。彼女の割り切った愛欲は現実を忘れさせてくれるようだった。

京子はうなじを朱に染めて、盛んに悦びの声をあげる。

「んっふ、んあああ……。ダメ、ああん」

ぐちゅぐちゅと媚肉を押しつけるように腰を蠢かすのだった。こなれた蜜壺は太竿をねぶり回し、まるで自らの胎内に穫り入れようとでもするようだ。

「あっふ、達矢くん――」

呼びかけられた達矢は顔を上げる。

「京子さん……」

「最後は上になってしたいわ。横になって」

「はい」

指導者の言いつけに達矢は素直に従った。背中を倒していきながら仰向けに横たわると、腰の上に肉感的なボディがすっくとそそり立つのが見えた。

その彼を見下ろす京子の顔は妖艶だった。

「このまま最後までいっていい？」

「ええ。俺も、もう我慢できません」

「いい子ね……。んあああっ」

一瞬微笑むと、京子はおもむろに腰を振りだした。

敏感になった肉棒が悦びの悲鳴をあげる。

「うはあっ、ううううっ」

「あああっ、イイッ、イイイイッ」

グラインドは情け容赦なかった。京子はすっかり乾いた髪を振り乱し、無我夢中で愉悦を貪っている。

達矢はもう限界だった。

「ぐはあっ、うっ……京子さん、俺もう——」

繰り返しいたぶられた肉棒が発射準備に入る。あまりの快感にジッとしていられないほどだった。

一方、京子も最後の仕上げにかかっていた。

「あっふ、あああっ、イク……あたしまたイッちゃうううっ」

上半身を立てたまま、小刻みに媚肉を押しつけた。凄まじい腰使いは、代表レベルの体幹の賜物であった。

「んあああっ、ダメえっ。イクッ、イクううっ」

蜜壺が生み出す小刻みなバイブレーションが肉棒をいたぶる。

達矢はたまらず射精した。

「うはああっ、も、もう出るっ！」

「はひいいいっ、イイイイーッ！」

すると京子も尾を引くような喘ぎを漏らし、絶頂を迎えた。首筋を真っ赤に染め、イッたあとも二度、三度と腰を打ちつけては快楽を搾り取る。

「んはあぁぁ……」

「ううっ」

そしてようやく風呂場の饗宴は幕を閉じたのだった。

まだ荒い息を吐きながら、京子が上から退いた。

「ああ、最高――」

彼女は石畳にぐったりと身を横たえて呼吸を整えた。弛緩《しかん》した肉体は汗に濡れ、全身が満足げな輝きを放っていた。そのとき彼女は脚を閉じていたが、密生した恥毛からどろりと白濁液が漏れ滴っていた。

別れもあっさりしたものだった。その後、服を着直しリビングでひと休みすると、達矢はホテルに帰ることにした。

「今日は、いろいろとありがとうございました」

「今度来るときは家のほうにも寄ってね。さようなら」

「ええ、ぜひ。さようなら、京子コーチ」

こうして達矢はコテージをあとにした。帰りのロープウェーは一人だったが、股間にはまだ京子の温もりを感じていた。


山ノ湯ホテルに戻ったのは、まだ陽があるうちの時刻であった。達矢はまだ肉交の余韻を嚙みしめながらロビーを抜け、エレベーターで宿泊する五階へと向かう。

すると、廊下で制服姿の美咲と出くわした。

「あ、達矢くん」

「美咲先輩――」

事を終えたあとだけに、達矢は内心気まずかった。

だが、美咲はそれどころではないようだ。

「ちょうどよかった。大変なことになったの」

端整な顔を歪ませ、不安そうに両手を振り絞っている。

ピンときた達矢は気まずさを忘れ、意気込んで訊ねた。

「どうしたんですか。何かあったんですか？」

「そうなの。実は――」

彼女が言うには、なんと伸二郎の両親がホテルにやってきたというのだ。息子が呼び寄せたらしい。達矢は開いた口が塞がらなかった。

「なんでまた……。だって、おかしいじゃないですか」

縁談はとっくに破談しているのだ。息子本人が美咲に執着するのはまだしも理解できるが、両親もとなるとあまりに非常識ではないか。

美咲もほとほと困り果てている様子だった。

「本来はいい人たちなんだけど、一人息子のこととなると見境がなくなるみたいで。『もう一度考え直してほしい』って聞かないのよ」

「そんな……。もはやストーカーじゃないですか」

いっそのこと警察に訴えるべきだと彼は言ったが、美咲は首を振った。

「意味がないわ。少なくともご両親は犯罪を犯しているわけじゃないもの」

「じゃあ、美咲さんの親御さんも呼んだらどうですか」

「それはしたくないの。心配掛けたくないから」

「だったら、俺が言ってやりますよ。美咲さんに迷惑をかけるなって」

達矢は怒りに駆られながら訴える。無力な自分が情けなかった。

しかし、美咲にも考えがあるらしかった。

「ありがとう。だったら、お願いがあるの」

「何です？　俺でできることなら何でもします」

「わたしの彼氏になってほしいの」

突然の申し出に達矢は言葉を失う。だが、それは愛の告白というわけではなかった。

「こうなったら、一度きちんと話し合う必要があると思ったの。向こうのご両親もそう言ってきて――。だから、その席で『わたしには決めた人がいます』って言えば、諦めてもらえるんじゃないかと思って。勝手なお願いだとは思うんだけど。お願いできないかしら」

要するに、伸二郎を諦めさせるためにひと芝居打ってほしいというわけだ。

だが、達矢は一も二もなく答えた。

「もちろん。いいですよ。俺で役に立てるなら」

こうして達矢は美咲の恋人役を引き受けたのだった。

第五章　湯けむりに誓った夜

対決の時は来た。この日、美咲は仕事の休みをもらい、伸二郎とその両親との会合をセッティングした。

五階の客室では、達矢が緊張の面持《おもも》ちでネクタイを結んでいた。スーツに袖を通すのは久しぶりだった。

「じゃあ、そろそろ行きましょうか」

「待って」

そこにいた美咲が近づき、ネクタイの結び目を直してくれる。

「こんなことをお願いしてごめんなさいね。本当にいいの？」

俯《うつむ》く彼女の髪からシャンプーの香りがした。達矢は訝る。この胸の高鳴りは戦いを前にした昂揚だろうか、それともフォーマルなワンピース姿の美咲があまりに美しいせいなのか。彼は言った。

「もちろんですよ。今さら何を言ってるんですか」

「ありがとう。達矢くんって優しいのね」

美咲は呟くように言うと、一歩下がって達矢を眺める。

「うん、すごく決まってる。行きましょうか」

「はい」

そうして二人は部屋を出て、エレベーターで下階へ向かった。会合の舞台となるのはホテルのレストラン。そこの個室を予約してあるのだ。

事前の打ち合わせで、達矢は美咲の幼なじみで中学時代から将来を約束した恋人同士という設定だった。進学や就職で一時離れることになったが、この度再会して昔の愛が蘇ったということにした。

ロビーを並んで歩く美咲は不安そうだった。

「本当に大丈夫かしら。やっぱり話に無理があるかな」

「大丈夫ですよ。俺が納得させますから」

達矢は安心させるように力強く言った。彼も内心は不安だったのだ。自分が恋人役に選ばれたのは、偶然そこに居合わせたからであるのは否定できない事実であった。

しかし——美咲に対する思いもまた、疑いようのない事実なのだ。彼としては、それを向こうにぶつけるしかない。

個室では、すでに田原一家が待っていた。

「お待たせして申し訳ございません」

美咲が挨拶すると、伸二郎は慌てて立ち上がり一礼する。相変わらず手にはハンカチを握り締めていた。

その息子に対し、両親は座ったままで声をかけてくる。

「私たちも今来たばかりだからね」

「美咲さん、そのお洋服よく似合っているわ。さ、立ってないでお掛けなさいな。ほら、伸二郎ちゃんも座って」

もっと険悪な雰囲気を予想していたが、六十代と思しき両親はにこやかに美咲を迎えた。ただし、達矢のことは一瞥《いちべつ》しただけで、まるでそこにいないかのように振る舞った。

「失礼します」

美咲が言うとともに、達矢も一礼して席に着く。髪が薄く丸顔の父親にしろ、派手なパーマ頭の母親にしろ、彼を敵と見なしているのは明らかだ。特に母親のほうが露骨であった。

一同は食事が運ばれてくるまで静かだった。個室に重い空気がただよう。ウェイターが去り、再び五人だけになると、まずは母親が口火を切った。

「美咲さんを驚かせてしまったことは謝るわ。この子——伸二郎ちゃんの悪い癖は昔からでね。見抜けなかったあたしたちが悪いのよ。でもね、美咲さん。借金についてはあたしたちで何とかしたし、あなたは何も心配しなくていいの。ね、だからもう一度だけ考え直してくれないかしら」

「ですが、そのことならもううちの両親とも話はついているはずですけれど」

硬い口調で美咲が返すと、母親はさらに続けた。

「そうね、それはわかっています。だけど、それだって美咲さんの口から言ってもらえれば、ご両親だって納得されると思うのよ。なんたってこういう話は当人同士の気持ちが一番ですからね」

「ええ、ですから——」

「待って。まだ言わないで。美咲さんがカッとなったのは無理もないわ。未来の旦那さんが賭け事だけならまだしも、女の人がいるような所で遊んでいたら、それは気分が悪いですもの。でも、それももう過去のことよ。この子にはよく言って聞かせたから。ね、伸二郎ちゃん。もう悪い遊びはしないわね？」

「う、うん……」

伸二郎は額の汗を拭いながら、大きな体を縮めて頷く。

なんと勝手な言い草だろう。黙って聞いていた達矢は、はらわたが煮えくりかえる。正式に破談したことなど屁にも思っていないらしい。おまけに息子の煮え切らない態度にも怒りを覚えた。本当に美咲を愛しているなら、両親などに頼らず、正々堂々とアプローチすべきなのだ。

「ちょっと待ってください」

思わず達矢は大きな声をあげていた。

「先ほどから聞いていれば、ずいぶんと身勝手なことを仰《おつしや》いますね。彼女が嫌がっているのがわからないんですか？」

思いのほか激しい達矢の口調に、美咲はハッとしたように彼を見た。

一方、母親は鼻白んだ顔で彼を見やる。

「あなたはどなた？　突然現れて、身内の話に他人が鼻を突っこんできたりして」

「他人じゃありません。彼は、わたしの大事な人です」

これを言ったのは美咲であった。この力強い宣言に達矢は勇気をもらう。

「俺と――僕と美咲さんは、子供の頃からずっと将来を約束していました。お互いこのT町で生まれ、一緒に育ってきたんです。同じ学校に通い、中学では水泳部でも一緒でした。良いときも悪いときも、ともに経験し、励まし合ってきたんです」

「だけど、それとこれとは――」

母親は食い下がるが、しだいに達矢の勢いに押されていた。

「別だと言うんですか？　結婚相手を選ぶのに、お互いの価値観が重要じゃないと仰るんですか？　仲二郎さん、あなた自身はどう思っているんですか」

「い、いや。その、僕は……」

長広舌をふるう達矢の姿を美咲が心配そうに見つめていた。

だが、いまや興奮状態にある彼は止まらない。

「僕は美咲さんを愛しています。彼女もそうだと信じています。その僕らの間を邪魔するものがあれば、僕は体を張ってでも食い止めてみせます」

「達矢くん……」

もはや雌雄は決していた。理屈の通じない夫妻も、達矢の情熱によって強引にねじ伏せられた恰好だった。息子はもとより両親の言うなりだった。先に諦めのついた父親が妻をなだめ、二度と美咲につきまとわないと約束すると、息子を連れて大阪に帰っていった。勝ったのだ。

その後、達矢と美咲は成功を祝ってデートしようということになった。せっかく正装しているのだ。二人はホテルを出て、町を並んで歩いた。

「さっきの達矢くん、格好良かったよ」

美咲はまだ興奮冷めやらぬように言った。達矢は照れる。

「いやあ、つい――。なんだか苛々《いらいら》してしまって」

「わかるわ。けど、すっごく男らしかった。見直しちゃった」

「え。てことは、前までは男らしくないと思っていたってこと？」

「もう、揚げ足とらないで」

冗談を言い交わし、二人は目を合わせて笑った。

そうして川沿いを歩いていると、美咲が遊技場を目に留めた。

「久しぶりに射的でもやっていかない？」

「うん、行こう」

いつしか自然と達矢は敬語を使うのをやめていた。美咲もそうされるのを喜んでいるようだった。もうあの頃の水泳部の先輩と後輩ではない。立派に成人した男と女であった。

通年開店している遊技場では、美咲が先に銃をとった。

「昔を思い出すわね」

「うん。なぜか祭りのときしかやらないんだよね」

「そうそう――。あんっ、惜しい」

楽しそうにはしゃぐ彼女を見つめ、達矢は喜びに胸が膨らむのを感じた。こんな場面を当時どれほど夢見ていたことか。中学時代の自分に教えてやりたかった。

遊技場を出ると、彼らは新しくできたカフェに寄り、思い出話に花を咲かせた。互いに共通の話題もあり、それぞれが当時は知らなかった話もあった。だが、不確かな未来のことはあまり語られなかった。

店を出た頃には、すでに東の空に星が瞬《またた》きはじめていた。川に浮かんだ灯籠が輝き、幻想的な光で町を彩っている。

ホテルへ帰る道すがら、美咲がしみじみと言いだした。

「今日はいろいろあったね」

「うん。でも、楽しかった」

「達矢くん――」

「ん？」

次の瞬間、達矢の手のなかに美咲の手が滑りこんできた。彼は胸を高鳴らしながら、その華奢な手をそっと握り締める。故郷の町は二人を優しく包んでいた。

ホテルに着き、二人は達矢の泊まる部屋に向かう。高揚感はまだ続いていた。

「ルームサービスでシャンパンでも頼もうか」

「え、いいの？」

「お祝いだよ。うれしいことは何回やってもいいからね」

「そうね。特別な夜だもの」

部屋に入ると、達矢は内線でルームサービスを頼んだ。

やがて従業員が冷えたシャンパンとグラスを運んでくる。ホテルで働いている美咲は照れ臭いのか、従業員がいる間は窓の景色を眺めるフリをしていた。

「改めて乾杯しよう」

達矢がシャンパンをグラスに注ぎ、呼びかける。

すると、美咲もこちらを向いてグラスを受け取った。

「じゃあ、美咲さんの自由を祝って」

「ありがとう——わたしからもいい？」

「うん。どうぞ」

「わたしたちの故郷と素晴らしい思い出に」

「いいね」

「あと、この町で達矢くんと再会できた幸運に——乾杯」

「乾杯」

達矢はグラスを合わせると、シャンパンを飲む。美味い。炭酸のピリピリした刺激が喉を通ると、全ての憂さが晴れていくようであった。

美咲の顔も晴れ晴れしていた。シャンパンをひと口呷《あお》ると言った。

「あー、美味し。もうこんなの邪魔だわ」

解放感を表わすようにパンプスを脱ぎ捨てると、彼女はベッドに腰を下ろした。

「達矢くんも、こっちにおいでよ」

「うん……」

美咲に促され、達矢は胸を高鳴らせつつ、並んで腰掛ける。すでにジャケットとネクタイは外していた。

「どうしたの。難しい顔をして」

「い、いや別に……。美咲さんとこうしているのが不思議だな、って」

鼓動は早まる一方だった。腕を回せば、押し倒せる距離だった。そして彼女もそれを望んでいるように思われた。

だが、達矢は動かなかった。緊張してできないのだ。美咲への憧れが強すぎて、体が言うことを聞かないのだった。

そのとき先に動いたのは、年上の美咲であった。

「達矢くん」

彼女は呼びかけると、彼のグラスを取り、自分のものと合わせてサイドテーブルに置いた。

されるがままの達矢は呆然と彼女を見つめていた。

「美咲さん……」

「美咲、でいいよ――」

美咲は言い、彼の肩に頭をちょこんと乗せてきた。

達矢の胸に熱いものがこみ上げてくる。

「ああ、美咲……」

「なぁに、達矢？」

「俺……美咲のことずっと……」

ここでようやく達矢は腕を回し、美咲の身体を抱き寄せた。彼女は着痩せするタイプらしく、思いのほか柔らかな弾力が手に感じられる。

ところが、そのあとが続かない。自分の勇気のなさが情けなくなる。

すると、焦れったくなったのか美咲が顔を上げた。

「ねえ、エッチしないの？」

美しい顔で問いかけられ、達矢の胸が疼く。彼女の口からそんな言葉が出てくるとは思わなかったのだ。彼のなかで「美咲先輩」は、永遠のアイドルだった。

だが、目の前の美咲は偶像ではなく、肉を備えた人間だった。彼女にそんなことを言わせたのは、達矢自身なのだ。

「美咲。俺――」

「キスして」

彼女は言うと、目を閉じて唇を差し出してきた。もう迷うことはなかった。

「美咲……」

達矢は覆い被さるようにして、唇を重ねた。

すると、柔らかな唇が向こうからも押しつけられてくる。

「ん……」

美咲は小さく吐息を漏らし、同時に全身の力が抜けていく。

それを達矢はしっかり抱き留めながら、舌を伸ばして歯の間から滑りこませる。

「ふぁう……るろっ……」

「んふぁ……んっ……」

すぐに美咲も口を開き、自らも舌を出して絡ませてきた。

自ずと達矢も目を閉じて、夢中で舌を吸っていた。勝利の凱歌《がいか》が耳元で高らかに鳴り響く。憧れていた女の吐息は甘く、彼は貪るように呑みこんだ。

「んあ……達矢……」

美咲の手が彼の胸にかかる。呼吸は浅く、胸を喘がせていた。

ここに至り、これまで遠慮していた達矢にも火がついた。彼の手は服の上から美咲の膨らみをまさぐりはじめる。

「ふうっ、ふうっ」

「んっ。達矢っ」

美咲の唇がさらに押しつけられる。

感じているのだ。興奮する達矢自身の股間も熱を帯びはじめていた。

すると、ふいに美咲がキスを解いて言う。

「背中のジッパー、脱がせてくれる？」

「ああ、いいよ」

二人は立ち上がり、達矢がワンピースのジッパーを下ろす。滑らかな美咲の柔肌が露わになり、次の瞬間にはブラジャーとパンティだけになっていた。

「達矢も。手伝ってあげる」

「うん」

下着姿の美咲が彼のワイシャツのボタンを外しはじめる。達矢は自分でベルトを外し、スラックスを脱いだ。

パンツ一枚になった達矢の股間はテントを張っていた。

「すごい」

美咲はひと言呟くと、彼の手を引いてベッドに誘う。

下着姿で横たわる美咲は美しかった。脇に侍《はべ》った達矢は肘をつき、手のひらで彼女のお腹を撫でながら、きめ細やかな肌の感触を確かめる。

「なんて綺麗なんだ」

思わず感嘆の声をあげると、達矢はおもむろに平らな腹にキスをした。

「あんっ」

美咲が小さく声をあげる。感じやすいようだ。

興奮した達矢は舌を伸ばし、柔肌を味わいつつ舐め上げていく。美咲の体はいい匂いがした。

「んっ、あっ」

同時に彼の両手は脇腹をまさぐっていく。やがて顔が胸まで至ると、達矢は彼女の背中に手を回し、ブラのホックを外した。

「ハァ、ハァ」

そこでいったん顔を上げて、ブラを腕から引き抜いて取り去る。

「あっ……」

愛らしい乳房がぷるんと姿を現した。美咲は息を漏らすと、本能的に両手で双丘を覆い隠そうとする。

だが、このときにはもう達矢のほうが欲していた。

「美咲のオッパイをよく見せて」

彼は言うと、彼女の手首をつかんで優しく退かせた。美咲も逆らいはしなかった。

「あぁあ……」

全貌を現した膨らみは突き抜けるように白く、重たげに佇んでいた。二十七歳の乳房は張りもあり、水気たっぷりだった。乳輪の色は淡いピンクで、乳首がピンと尖っている。達矢はたまらずむしゃぶりついた。

「あああ、美咲ぃっ――」

「はううっ、達矢っ」

彼が尖りを吸い転がすと、美咲は鼻にかかった声をあげる。

達矢は女の体臭を貪りながら、無我夢中で乳首を吸った。

「ちゅぱっ、んぱっ、レロッ」

「んああっ、ダメ……あふうっ」

「俺、美咲先輩と――こうするのがずっと夢だった」

愛撫に夢中な達矢は秘めた思いを口走る。

美咲もその告白を喜んで受け入れているようだった。

「達矢……。あああっ、いっぱい愛して」

「はむっ。ちゅぱっ、ちゅううう」

同時に両手で双丘を揉みしだき、左右の乳首を交互に吸った。

「はぁん、あんっ、イイッ」

男の激しい愛撫に美咲は身悶える。盛んに喘ぎを漏らしつつ、彼の頭を抱えて髪を揉みくちゃにした。

やがて達矢は乳房から離れ、下へ向かっていった。

「ハアッ、ハアッ」

柔らかな下腹を舐めながら、小さなパンティに手をかける。ついに美咲の秘部が拝めるのだ。彼は興奮も露わに最後の一枚を取り去った。

「はあぁぁ……」

もはや覆い隠すもののなくなったとき、美咲はため息をついた。腰をくねらせ、片膝を立てて恥じらうさまが色っぽい。

達矢の股間は痛いほどに勃起していた。

「脚を開いて」

彼は呼びかけると、膝の間に割って入る。彼女も抵抗する様子はなく、すんなりと城門を明け渡した。

うつ伏せになった達矢の前には、ぬらつくピンクの媚肉があった。

「あああ、これが美咲の——」

夢にまで見た光景に胸の奥が打ち震えるようだ。彼は荒い息を吐きながら、両手の指でそっと割れ目を押し開く。

るのがわかった。

「あっ……」

とたんに美咲がビクンと震える。彼女が呼吸するたび、下腹に生えた恥毛が上下す

股間から達矢は呼びかける。

「美咲のここ――とても綺麗だよ」

「そんなに見ないで。恥ずかしいわ」

「だってこんなに――すうーっ……。あああ、いい匂いだ。すごくいやらしい匂いがする」

達矢は深呼吸し、心ゆくまで牝臭を嗅いだ。

その行為に美咲はさらに恥じらう。

「ダメッ……。そんなことされたらわたし――」

我慢しきれず達矢は媚肉にむしゃぶりついた。

「美咲、好きだっ」

「あふうっ……」

美咲の嬌声を聞きながら、彼は夢中で割れ目に舌を這わせた。

「びじゅるっ、じゅぽっ」

濡れそぼった牝器は熱を帯び、花弁からとめどなく蜜を噴きこぼした。達矢はそれを舌ですくい取り、渇いた人のようにゴクゴクと飲み干していく。

「はひぃっ、ダメ……あんっ、達矢くんったらぁ」

激しい口舌奉仕に美咲は喘ぎ、身悶える。悦びに身を震わせながら、腰を反らして愛らしい声をあげた。

「ハアッ、ハアッ、ちゅぼっ」

舐める達矢の舌は、やがて肉芽を捕らえた。すでに包皮は剝けて、赤裸々に勃っている。彼はそれを舌で転がし、唇で吸った。

「美咲の、可愛いクリ――」

「んあああっ、感じちゃううっ」

性感帯を刺激され、美咲は振り絞るような声をあげた。

「あんっ、あああっ。そんなことされたら、わたし……」

「あああ、美咲のオマ×コ。美味しいよ」

「ダメッ、あふうっ。イクッ、イッちゃうよぉ」

しっかり者の美咲とは思えないほど、甘く蕩けた声で愉悦を訴えるのだ。

達矢は興奮した。舌でさらに肉芽を吸い転がしながら、人差し指を蜜壺に入れ、なかをかき混ぜるように動かした。

「ちゅぱっ、んぱっ。ううぅっ、美咲ぃ……」

「あっひ、イイッ……ダメ。わたしもう――」

あまりの快感に美咲の体が暴れだす。達矢はそれを押さえこみ、指と舌でなおも媚肉を責め続けた。

「んぱっ、るろっ。ちゅうううっ」

ついに美咲が絶頂を訴えた。

「んあああっ、ダメえっ。イクッ、イックうううっ」

ググッと尻が持ち上がり、太腿が頭を締めつけてきた。

「イイイイーッ！」

息《いき》んだ美咲はもう一度高く喘ぐと、突然魂が抜けたようにガクリと脱力する。

「んふうぅぅぅ……」

「ハアッ、ハアッ、ハアッ」

やがて達矢は顔を上げて彼女の様子を窺う。口の周りは牝汁でベトベトだった。

すると、美咲は片手を額に乗せて、呼吸を整えていた。絶頂の余韻に浸っているようだ。

「美咲？」

呼びかけると、美咲は額の手をどけて彼を見つめ返してきた。

「イッちゃった。達矢くん、上手なんだもん」

痴態を見られたことへの照れ隠しだろうか。彼女は言うと、ニッコリ微笑んでみせるのだった。

美咲の絶頂は、達矢に自信を与えた。彼としては自分の欲望に従ったまでだが、それが彼女に天上の歓びをもたらしたのだ。

ようやく息の整った美咲が、愛情のこもった目で見上げていた。

「ねえ、チューして」

かつては仰ぎ見るしかなかった先輩が、甘えた口調でキスをねだってくる。

男としてこれ以上の喜びがあるだろうか。

「可愛いよ、美咲」

彼は股間からせり上がり、覆い被さって唇を重ねた。

「んっ……。好きよ、達矢」

すると、美咲はウットリと目を閉じて、両手で彼の顔を挟んでくる。

すぐに舌が伸ばされ、絡み合う。最初のキスのような激しさはないが、互いに気持ちが通じ合ったあとの愛情がこもっていた。

「んっ……」

やがて美咲の手が、彼の股間に伸びてくる。パンツを押し上げているテントを撫で回してきたのだ。

その淫靡な手つきに達矢は呻く。

「うう……」

すると、美咲がふと彼の顔を押し剝がし、言った。

「今度は、わたしが達矢のこれを舐めてあげる」

「う、うん……」

「横になって」

促されて達矢はベッドに仰向けになる。ときめきが止まらない。

全裸の美咲は起き上がり、彼の脚の間に位置を占める。

「わたしのために、いっぱい我慢してくれたのね」

彼女は言うと、愛おしそうに股間の膨らみを撫でた。

それだけで達矢はビクンと震えてしまう。

「ううっ……」

「わたしの素敵な達矢くん――」

先走りは溢れ、パンツに染みを広げていた。しかし美咲はためらうことなく、顔を伏せて口に含んだ。

「はむっ――」

「うはあっ、みっ、美咲っ……」

美咲の美しい顔が、股間に食らいついていた。しかも、汚れたパンツの上からだ。悦びと羞恥が達矢を責め苛む。

一方、美咲は自らの行為に夢中になっていた。

「んふうっ、はむっ……」

盛んに顔の角度を変えながら、肉塊を唇で食《は》み、舌で舐めるのだった。

愉悦に達矢の息は上がっていく。

「ハアッ、ハアッ」

なんと淫靡なのだろう。ある意味、直接咥えられるより淫らだった。自ずと彼の腰は持ち上がっていく。

すると、美咲はその反応を催促と捉えたようだった。

「お尻を上げてくれる?」

いったん顔を上げると、両手でパンツを脱がせてきたのだ。

ようやく解放された肉棒は、怒髪天を衝いていた。

「すごい……」

美咲は感嘆の声をあげ、再び身を伏せて亀頭の臭いを嗅ぐ。

「エッチな男の人の匂いがするわ」

「ううっ、ダメだよ。そんなところをクンクンしたら」

「どうして? とってもいい匂いよ」

彼女は言いながら太茎を握り、扱いてみせる。

「ぐふうっ」

「達矢の感じている顔、可愛いわ」

「美咲ぃ……」

「舐めちゃお」

次の瞬間、美咲の唇が肉棒を包みこんでいた。

「んふうっ、硬いの――」

すぐにストロークが開始される。彼女は喉奥深くまで咥えこみ、唾液の音をたててペニスをしゃぶった。

「んっふ、んんっ」

「うはああっ」

鋭い快感が達矢の全身を貫く。憧れの美咲先輩が、自分の逸物を吸っているのだ。これまでの全てが報われた気がした。

「ちゅぽっ、じゅるるっ、んふうっ」

美咲は髪を振り乱し、肉棒を吸いたてる。熱のこもったフェラだった。

「ハアッ、ハアッ、ううう……」

悦楽が血をたぎらせる。達矢は首をもたげ、しゃぶりつく美咲を見つめた。

「ああ、美咲が俺のチ×ポをしゃぶってる」

「んふうっ、達矢のオチ×チン」

彼の言葉に応えるように、美咲が上目遣いで見つめ返してきた。

愛する人の淫靡な顔に達矢は懊悩《おうのう》した。

「うはあっ、マズいよ。俺、もう──」

とっさに彼は彼女の顔を退かせていた。今にも暴発しそうだったのだ。フェラは気持ちよかったが、ここで果てたくはない。

強制的に中断された美咲がもの問いたげに見つめている。

「どうしたの。気持ちよくなかった？」

「いや、その逆だよ。気持ちよすぎて……」

「だったら——」

「そうじゃなくて、俺——美咲が欲しい」

力強く達矢が言うと、美咲の顔にも笑みが広がった。

「わたしも。達矢が欲しい」

「美咲……」

達矢は起き上がり、彼女の肩を持って仰向けに横たわらせていく。だが、その手つきは乱暴なものではなく、壊れ物を扱うような慎重なやり方だった。

ウットリした顔で美咲が見上げている。

「本当を言うとね、ずっと心細かったの。誰も頼る人がいなくて」

「今は、俺がいるじゃないか」

達矢の男らしい言葉に、美咲の口元がほころんだ。

「そうね。あなたがいるわ——」

彼女は言うと、手を差し伸べて彼の頬を撫でる。

その仕草に奮いたった達矢は、身を屈めてキスをした。

「好きだよ、美咲」

「わたしも。達矢が好きよ」

至近距離で二人は見つめ合う。

やがて達矢がいきり立った肉棒を花弁に押し当てた。

「あああ……」

「んっ――きて」

徐々に太竿はぬめる媚肉に包まれていく。

「おうっ」

「あっ……」

気づくと、肉棒は根元まで埋まっていた。身の打ち震えるような悦びが、達矢の全身を覆っていく。

「美咲のなか、あったかい」

彼は体を起こした。

美咲もまた充溢感に浸っていた。

「ああっ、わたしのなかに達矢がいるわ」

白い裸身に朱を散らし、憧れの美女が身を任せている。

たまらず達矢は腰を振りたてはじめた。

「美咲ぃっ」

「んああっ、達矢ぁっ」

そして本格的に抽送が繰り出されていく。

当初達矢はベッドに腕をつき、彼女と目を見つめ合いながら腰を振った。

「ハアッ、ハアッ」

「あふうっ、んんっ」

かたや美咲は彼に身を任せ、揺さぶられるがままに硬直を受け入れていた。

最初は大海に浮かぶ船のように、ゆったりとしたリズムであった。蜜壺はまるで誂《あつら》えたかのように太竿を包み、ぬちゃくちゃと湿った音をたてる。

「うはあっ、美咲のオマ×コ。気持ちよすぎる……」

自分ではセーブしているはずが、もたらされる快感の凄まじさに、達矢は我知らずペースを上げていった。

「ハアッ、ハアッ、ハアッ」

「んああっ、達矢っ。達矢あっ」

すると、美咲の息遣いも荒くなっていく。顎を反らし、悩ましげな表情を浮かべて、盛んに身を捩らせはじめたのである。

「ハアッ、ハアッ、ハアッ、ハアッ」

「あんっ、ああっ、んふうっ、イイッ」

快楽は加速度的に高まっていく。肉棒を咥えた花弁は牝汁を噴きこぼし、出し入れされる竿肌をぬめりでコーティングした。

「おおぉ、美咲っ……」

愉悦が高まるほどに、欲望もまたいや増すのだ。奥へ、もっと奥へ。額に汗を浮かべた達矢は彼女の太腿を抱え、さらに激しく突き入れる。

「うあぁぁぁっ」

「はひぃぃいっ、ダメえええっ」

快楽の大波は美咲をも呑みこんだ。両手がシーツをつかみ、背中を反らした姿は、まるで男の愛を勝ち得た証《あかし》を誇らしげにアピールしているようだ。

「達矢っ、イイッ。わたし……ああっ、すぐにイッちゃいそう」

乳房を揺らし、彼女は悦楽を訴える。

その悦びが達矢にも跳ね返ってくる。

「ぐふうっ。俺も……ううっ、締まる」

「達矢ぁ、イッて。わたしもう——あああっ」

肉の悦びが二人を繋いでいた。互いの喘ぎが相手に影響を及ぼし、複雑に絡み合って天上へと誘っていく。

「うあああっ、美咲ぃぃぃっ」

達矢はラストスパートをかけた。熱い塊がこみ上げてくる。

美咲も息を切らし、昇り詰めていった。

「イイッ、んあああっ、イクッ、イッちゃううううっ」

「美咲っ、美咲ぃっ」

「達矢っ……もうダメ。イイイイッ」

美咲が高らかに喘ぎ、息んだ拍子に蜜壺が締めつけてきた。

「うはあっ、出るっ」

達矢がそれを意識する間もなく、肉棒は白濁を吐いていた。

すると、立て続けに美咲も絶頂を迎えた。

「イクイクイクイクううううっ！」

下腹部を引き攣らせ、顎をガクガク揺らしてアクメを貪る。宙に浮いた足の指が何かをつかもうとするように丸まり、両手もまたシーツをクシャクシャにして悦楽の大波に耐えようとした。

「ううっ」

射精した達矢は頭が真っ白になっていた。十年を経た思いの全てが、白濁となって解き放たれたのだ。

かたや美咲は絶頂の余韻を味わっているようだった。

「あふうっ、んんっ……」

目を閉じて、ビクンビクンと間欠的《かんけってき》に体を震わせている。呼吸はまだ荒く、火照った体はピンク色に染まっていた。

しかし、しばらくすると美咲がまぶたを開けた。

「達矢——」

「美咲——」

熱いまなざしが通い合い、二人は唇を重ねる。彼女が言った。

「ああ。わたしたち、結ばれたのね」

「わたしも。愛してる」

「わたしも。愛してるわ」

そしてもう一度、気持ちを確かめ合うようにキスすると、ようやく達矢は彼女の上から退いた。

「ううっ」

「あんっ」

肉棒が抜け落ちる瞬間、絶頂して敏感になった二人は声をあげる。

心地よい疲労感に包まれた達矢はかたわらに寝転がった。

「美咲とこうしているなんて、夢みたいだ」

遠い憧れが蘇り、彼は感慨深げに言った。

一方、美咲にとっては今が全てのようだった。

「夢なんかじゃないわ。達矢は、わたしの大事な人になったのよ」

彼女は言うと、鈍重になったペニスを愛おしげに握る。

「それにこれも。わたしたち、相性がいいみたい」

「美咲……」

寝転がる美咲の股間からも、愛の証が泡立ち滴り落ちていた。

それからシャワーで軽く汗を流した二人は、服を着替えて外に出る。激しく愛し合ったあとで空腹だったのだ。

冷たい夜風が気持ちよかった。灯籠でライトアップされた町は美しくきらめき、若いカップルの誕生を祝ってくれているようだった。

夕食は、ホテルから五分ほど歩いたところにある日本料理店でとることにした。美咲は遠慮しようとしたが、達矢の提案で豪勢な天ぷら懐石を二人前頼んだ。

「いいの？　結構高いわよ」

「平気だって。こうしていたって給料はもらえるんだし。それに今日は俺にとって特別な記念日だからね」

「あら、それを言うなら、わたしにとってもだわ」

会わなかった十年の歳月は、いまやすっかり取り払われていた。二人はまるでずっと恋人同士だったかのように、気のおけない関係になっていた。

やがて料理が運ばれ、二人は食べはじめる。

「うわあ、揚げたての天ぷら最高。こんなの久しぶりだな」

「うん、すごく美味しい。たくさん食べられちゃいそう」

まさに幸せの絶頂だった。達矢はつくづくこの旅に出てよかったと思う。

だが、しばらくすると美咲が言いだした。

「わたしね、もうすぐホテルを辞めようと思うの」

突然切り出され、達矢は危うく喉を詰まらせそうになる。

「えっ……ってことは、この町からも――」

「ええ。だって伸二郎さんとのことは、達矢くんのおかげで片付いたでしょう？　もともとそれが理由だったんだし」

「あー、それはそうか」

「わたしも、いつまでも宙ぶらりんでいるわけにはいかないもの」

確かに彼女の言うとおりだった。美咲にも人生があるのだ。帰郷の原因が解消された以上、T町にとどまっている理由はない。

一方、達矢の休暇も終わりに近づいていた。会社に許された有休は、もう残り少なくなっていた。そろそろ彼も進退を決めなければならない。

「そうか。そうだよね……」

急に現実が重くのしかかってきた。別れがたい思いに達矢は揺れる。やっと結ばれたというのに、今夜が最初で最後になるのだろうか。

ホテルへの帰り道は、二人ともあまり口を利かなかった。美咲は腕を絡ませ、彼に寄り添って歩いた。達矢はときおりその横顔を見つめ、また前を向いて歩んだ。言葉はいらない。今このときを感じていたかった。

部屋に戻ると、美咲が上着を脱ぎながら言った。

「すっかり冷えちゃったね。お風呂に入らない？」

「いいね。そうしようか」

道中沈思していた達矢は、声を励まして答える。彼女が気分を盛りたてようとしてくれているのは明らかだ。思い悩んでいても始まらない。

さすが温泉場だけあって、ホテルの内風呂も凝っていた。一面ガラス張りになっており、遠くT町の山渓を眺めながら温泉に浸かれるようになっていた。

達矢と美咲は生まれたままの姿になって入浴する。一度愛し合ったあとだ。今さら裸を照れる理由はなかった。

二人は夜景を眺めながら浴槽に浸かっていた。

「とても綺麗ね」

濡れないよう髪をお団子にした美咲がぽつりと呟く。

達矢は答えた。

「うん。町をこんなふうに眺めたことはなかったよ」

「大人になったんだね、わたしたち」

感慨深げに言う彼女の横顔を達矢は見つめる。これまでのゆくたてが思い出された。失恋から逃れるために出奔し、故郷の町でさまざまな人たちと再会した。幾人かの女たちとは肉を交わし、その都度多くの発見があった。美咲の言うとおり、大人になったからこそ改めて知ることも多かった。

そうして彼が物思いに耽っていると、ふいに美咲が言った。

「あ、雪――」

「え?」

達矢は驚いて外を見る。すると、確かに町明かりを透かして、雪片が舞っているのがわかった。降雪量の少ないT町では滅多にないことだ。

「本当だ。珍しいな」

「美しいわ。天からの贈り物みたい」

彼女は言うと、手を差し伸べて降る雪を拾うような仕草をする。

窓ガラスが間にあるのだから、もちろん直接触れることなどできないのはわかっている。しかし達矢の目には、子供のように喜ぶ美咲の姿が神々しく映っていた。

温泉の湯を掻く静かな水音が鳴る。

「美咲――」

達矢が背後から彼女の裸身を抱く。

ふいを突かれた美咲は身じろぎする。

「もう、達矢ったら……」

だが、嫌がっているふうではない。彼女はクスクス笑っていた。

達矢は欲望に駆られていた。求めても満たしきれない。そんな焦燥感《しょうそうかん》にも似た思いが下半身を疼かせるのだ。

「美咲を離したくない」

両手は乳房を揉みしだいていた。温泉に浮かんだ二つの果実はしっとりと手に馴染み、持ち上げると重みが実感として伝わってくる。

「あんっ、達矢のエッチ」

美咲はふざけて身を振りほどこうとする。しかし、彼の右手が股間に伸びると、その声は切ない響きを帯びはじめた。

「んっ……ダメ……」

「美咲のここ、お湯のなかでも濡れてるのがわかるよ」

「ああん、達矢のバカァ」

達矢のまさぐる割れ目には、温泉とは明らかに違うぬめりが感じられた。

「ハァ、ハァ」

「あっ、んんっ」

窓外でチラつく雪が夜景に浮かび、浴室で絡み合う男女を包みこむようだった。町は静まりかえり、世界は二人だけのものになっていた。

「美咲、お尻を上げて」

達矢は言うと、彼女の下に脚を伸ばして滑りこむ。

肉棒はすでにいきり立っていた。いったん胸まで湯から上がった美咲だが、男の意図を理解して、再び湯中に尻を沈める。

直立した太竿を媚肉が包みこんでいった。

「あっふぅ……」

「おおっ……」

気づくと、二人は背面座位で繋がっていた。温泉は障害にならなかった。達矢は背後から彼女の体を抱き留め、蜜壺の温もりに浸る。

「ふうっ、ふうっ」

「あああ、こんなの初めて。不思議な感じがするわ」

温泉で滑らかになった女の肌が心地いい。達矢は思わずうなじに吸いついた。

「美咲……」

「あんっ、達矢ぁ……」

美咲は蕩けたような声を出すと、辛抱しきれなくなったかのように尻を蠢かしはじめた。

「あっふ、んんっ、あああん」

水の浮力がグラインドを助けた。彼女の体は無重力で遊泳するように、ゆったりと上下する。

下で支える達矢にも、快感が襲ってきた。

「ふうっ、ふうっ。ううう……」

美咲が浮き沈みするたびに、水面にさざ波が広がり浴槽の縁に打ち寄せた。

やがて達矢もたまらなくなり、支えた腰を揺さぶりはじめる。

「ハアッ、ハアッ。あああ」

「あううっ、達矢っ。イイッ」

男女が力を合わせた抽送に、生じる波も大きさを増していく。ちゃぽんちゃぽんと音をたて、蹴立てた波は縁を越えようとしていた。

「ハアッ、ハアッ、ハアッ」

「あんっ、ああっ、んんっ」

いまや達矢の顔は汗だくだった。温泉に温められているうえに、体の内側もカッカと燃えている。今にものぼせてしまいそうだ。

事情は美咲も同じようだった。

「んあああっ、もうダメ——クラクラしてしまいそう」

「わかった。出よう」

達矢の呼びかけで二人は湯から立ち上がる。彼女の白い裸身もピンク色に染まっていた。

「美咲、そっちへ」

「うん、わかった」

やむなく結合は解かれてしまったが、彼らは欲望に駆られていた。風呂から上がる暇も惜しく、美咲が浴槽の縁に身を乗り出し、達矢はその後ろに立った。

「ハアッ、ハアッ」

彼は呼吸も荒く、美咲の丸い尻たぼをつかむ。

「ああ、きて——」

かたや美咲は尻を突き出すポーズで挿入をねだった。花弁はぽっかりと口を開いていた。達矢は狙いを定めて硬直を突き刺した。

「うはあっ……」

「あっふう」

美咲が悩ましく息を吐く。

肉棒は吸いこまれるように蜜壺に収まっていた。痺れるような愉悦が達矢の背筋を駆け上っていく。彼女を離したくない。彼は切ない思いを抽送にぶつけた。

「ハアッ、ハアッ、ううっ、美咲っ」

「んあっ、イイッ、んふうっ、ダメえっ」

バックで突き入れられた美咲が悦びの声をあげる。

「あふうっ、奥に当たるの。ああん、イイイッ」

喘ぎ声は浴室に響き渡った。彼女は抽送の衝撃を受け止めながら、呼吸を荒らげ、押し寄せる快楽に身を委ねていた。

撫でる尻たぼは柔らかく、うねる蜜壺は温泉より熱い。

「ハアッ、ハアッ、ぬあぁぁぁ……」

一度目に交わったときよりも、媚肉はさらに絡みつくようだった。無数の襞が竿肌を舐め、得も言われぬ快楽が押し寄せてくる。

「美咲のオマ×コが……あああっ、なかで蕩けてしまいそうだ」

彼が思わず口走ると、美咲も身を打ち震わせて言った。

「熱いわ。達矢の硬いのが奥に当たって――あああっ、イイッ」

しかし、熱いのは局部だけではなかった。彼らは足湯に浸かっている状態でまぐわっていたのだ。体は外に出ているとは言え、温泉は男女の肉体を芯から温めているのだった。

「ハアッ、ハアッ。外に、出ようか」

「そうね。わたし、喉がカラカラだわ」

欲望は止むことのない快楽を求めるが、危険を知らせる肉体の要求を無視することはできない。二人はいったん体を離し、浴槽から上がった。

だが、もちろんまだ満足したわけではない。牝汁をまとった肉棒も青筋を立てたままだった。

彼らは熱を冷ますため、おのずと窓際へ行った。

「あー、こうすると冷たくて気持ちいい。達矢もやってみたら？」

美咲は窓ガラスに背中をつけて言った。ありえないことだが、もし山中から双眼鏡で眺める者がいれば、彼女の裸身は丸見えだ。

しかし、達矢は彼女の真似をしなかった。

「美咲――」

全身から湯気を立ち上らせながら、窓際の美咲に迫ったのだ。

二人の顔はすぐそばにあった。

「達矢……」

見つめ合う目と目が、互いの思いを了解する。

達矢は彼女の一方の太腿を持ち上げると、怒張を割れ目に突き入れた。

「ほうっ……」

「んあっ……」

立位で三度《みたび》彼らは繋がった。達矢は窓に美咲を押しつけるようにして、肉棒を抉りこむ。

「ハアッ、うああっ」

青筋立てた太竿は、力強く蜜壺を責めたてた。

美咲が声をあげる。

「んああっ、イイイッ」

背中をガラスに押しつけられ、抉られるたび、体を弾ませた。

「達矢あっ」

彼女は愛しい男の名を呼ぶと、彼にしがみついてきた。

「ハアッ、ハアッ、ハアアッ」

「あんっ、あああっ、うふうっ」

雪の舞う夜空を背景にして、裸の男女はまぐわっていた。その山並みは、二人が生まれ育った場所だった。愉悦の高まりとともに、彼らの姿は風景に溶けいっていくようだった。

「ハアッ、ハアッ。あああ、美咲ぃ……」

息を切らしつつ、達矢は腰を突き上げる。抱きしめた美咲の体は柔らかく、媚肉はさらに蕩けている。

すると、ふいに美咲が声高く喘いだ。

「ダメええっ、達矢ああっ」

愉悦に堪えきれなくなったのか、身をもがくようにして暴れだしたのだ。

達矢は彼女が振り落とされないようにしっかり抱き留める。

「美咲っ……ふうっ、ふうっ」

「んあっ……いいのっ。すごく……わたし――」

切れ切れに口走る言葉は意味を成さない。

一方、達矢は達矢で昂ぶっていた。場所を移し、体位を変えて、執拗に抉りつづけた肉棒は、解放の瞬間を今か今かと待ちかねていた。

「美咲。俺、もう――」

怒張は盛んになかで先走りを吐いている。

美咲も苦しそうだった。顎を持ち上げ、胸を喘がせながら、もう何度も膝が崩れ落ちそうになっていたのだ。

「あひぃっ、ダメッ……イッちゃう……」

しがみつく両手が、達矢の背中に爪を立てていた。

「んあああっ、イイッ。イイイッ」

「くあぁ……愛してるよ、美咲」

「わたしも――あふうっ、愛してるわ」

「美咲いっ」

達矢は叫ぶと、ラストスパートをかけた。まるで地球最後の日のごとく、激しく腰を突き動かしたのだった。

「あっひ……」

抉られた美咲は息を呑んだ。一瞬、意識が飛んだように崩れかけたが、すぐに立ち直って一層強く抱きついてくる。

「ダメえええっ、飛んでいっちゃう。達矢あっ」

「ふうっ、ふうっ。美咲……このまま出すよ。イクよ」

「イッて。わたしも——あああっ、お願い。わたしをしっかり捕まえていて」

「美咲いいいっ」

達矢は彼女の体を抱き、張り詰めた肉棒を叩きこむ。

美咲の爪が、彼の背中に食いこんだ。

「イイッ、イイイッ、達矢あああっ」

その瞬間、太竿を包む蜜壺が別の生き物のようにうねりだす。

肉棒は限界だった。

「うはあっ、出るっ！」

射精の快感は、魂が全部抜け出てしまったかと思うほどだった。肉棒は盛大に白濁を噴き上げ、蜜壺を満たしていった。

時を同じくして、美咲も絶頂を迎えていた。

「はひぃっ、イ……イックうううっ！」

彼とガラスに挟まれ、身動きもままならないなかで、精一杯体を仰け反らせ、悦楽の頂点を極めたのだ。

「んあああっ、あううううっ」

喉を嗄《か》らし、ガクガクと身を震わせながら、美咲は余韻を貪った。悩ましく歪めた顔は悦びに輝き、男の精を最後の一滴まで搾り取ろうとする。

やがて達矢は満足感とともに抽送を収めていく。

「ハアッ、ハアッ、ハアッ、ハアッ」

「ひぃっ、ふうっ、ひぃぃっ、ふうっ」

しばらくは二人とも息が継げなかった。凄まじい絶頂は尾を引いて、美咲はときおり思い出したようにビクン、ビクンと体を震わせるのだった。

達矢は精も根も尽き果てたようになっていた。美咲への愛がこもったセックスは、ほかのどれとも違っていた。蜜壺に放ったのは、十余年に及ぶ彼女への憧れと、ついに結ばれたという達成感だったのだ。

「美咲」

「うん」

達矢は声をかけると、ペニスを抜いた。すると、美咲が倒れそうになったので、慌てて体を支え、ゆっくりと座らせてあげた。

「大丈夫？」

「ええ。あんまり気持ちよくて。こんなの初めてよ」

「俺もさ」

汗ばんだ美咲は満足そうに微笑んでいた。石畳にぺたんと尻を据えて、濡れた恥毛の下から白濁が床にこぼれて水溜まりを作っていた。いつしか外では雪が止み、夜空に浮かぶ山並みが静かに二人を見守っていた。


翌朝、ベッドで達矢が目覚めると、美咲はもう起きていた。

「おはよう。よく眠っていたわ」

「ん……おはよう。起きてたんだ」

二人はひと晩添い寝していたのだった。美咲が立ってカーテンを開ける。

「今日もいい天気だわ。昨日の雪は積もらなかったみたいね」

彼女はホテルの浴衣を着ていた。達矢はその後ろ姿を眺めていたが、まもなく自分もベッドから下りる。

「コーヒーを入れるよ」

彼は返事を聞く前に、ポットに水を汲んで湧かしはじめた。

それから二人はコーヒーを飲み、服に着替えた。美咲は仕事に戻らなければならないからだ。だが、その前に話し合うべきことがあった。

切り出したのは美咲だった。

「わたし、もうすぐホテルを辞めるつもりよ」

「うん」

そのことは昨晩聞いている。彼女は続けた。

「でも、もう大阪には帰れない。あんなことがあったあとだしね」

その理由は達矢にもわかった。時計店の一家は納得したようだが、やはり同じ商店街で働くのは気詰まりだろう。第一、彼女は会社を辞めてしまっている。

「これからどうするつもり？」

「そうね――まだわからないわ」

美咲は言うと、彼を見つめた。

達矢の心にさまざまな思いが渦巻く。彼は美咲を愛していた。「俺と一緒に東京へ行こう」言葉は喉まで出かかっていた。だが彼自身、何もかも中途半端に投げ出したままであった。今になって考えると、東京での失恋は、いわば彼のそんな姿勢が招いたことなのだ。故郷の町での出会いが、そのことを教えてくれた。

今のままでは美咲と一緒になっても幸せにはなれない。ひとまずは会社に戻り、一人前になってから改めて彼女に求愛しよう。自分勝手な話にも思えるが、達矢が自分の決意を語ると、意外なことに美咲も同じことを考えていた。

「わたしね、今回ホテルで働いてみて、すごくこの仕事が楽しいと思えたの。それで――達矢の話も聞いて、決めたわ。まずは専門学校に通うことにする。アルバイトをしながらね」

「じゃあ、美咲も東京に？」

「たぶん。そして一人前になったら連絡する。約束よ」

「ああ、約束だ」

若い二人は固く誓い合い、新たな旅立ちへの期待と不安に目を輝かせるのだった。

（了）

※本作品はフィクションです。作品内に登場する
団体、人物、地域等は実在のものとは関係ありません。

湯《ゆ》けむり同窓会《どうそうかい》

〈書き下ろし長編官能小説〉
2023年12月18日初版第一刷発行

著者……………………………………………伊吹功二

デザイン………………………………………小林厚二

発行人…………………………………………後藤明信
発行所……………………………………株式会社竹書房
〒102-0075 東京都千代田区三番町8-1
三番町東急ビル6F
email：info@takeshobo.co.jp
竹書房ホームページ http://www.takeshobo.co.jp
印刷所………………………………中央精版印刷株式会社

■定価はカバーに表示してあります。
■落丁・乱丁があった場合は、furyo@takeshobo.co.jp までメールにてお問い合わせください。